MERIDIANE

Aus aller Welt

Band 95

Stefan Weidner

Fes

Sieben Umkreisungen
Mit 21 Fotografien des Autors

Ammann Verlag

Der Autor dankt der Staatskanzlei des Landes Nordrhein-Westfalen
für die Gewährung eines Arbeitsstipendiums.

Im Mai 2005 veranstalteten die Deutsche Akademie für Sprache und Dichtung und die Universität Mohammed V.-Agdal in Rabat ein Treffen von deutschen und marokkanischen Schriftstellern. Im Rahmen dieser Begegnung kam es auch zu einem Ausflug nach Fes. Im vorliegenden Text ist dies der Ausgangspunkt für eine literarische Fiktion. Sie bildet das reale Treffen in keiner Weise ab. Keine der im Text vorkommenden Äußerungen ist von einer der beteiligten Personen tatsächlich gemacht worden.

Erste Auflage
Im 25. Jahr des Ammann Verlags

www.ammann.ch
Satz: Gaby Michel, Hamburg
Druck und Bindung: Clausen & Bosse, Leck
ISBN-13: 978-3-250-60095-4
ISBN-10: 3-250-60095-4

Es ist das Foto, das uns einem Universum ohne Bild am nächsten bringt, das heißt dem der reinen Erscheinung.

Jean Baudrillard

Für Marica!

Erste Umkreisung

Das frühsommernächtliche, europäisch besetzte Jazzkonzert auf dem Gelände der noch aus römischer Zeit stammenden Nekropole von Rabat, der marokkanischen Hauptstadt, war wegen heftiger Regenfälle abgebrochen worden. Durchnäßt liefen sie durch die einsamen Alleen um den Königspalast, als sie auf der gegenüberliegenden Straßenseite, an einer Kreuzung unweit von ihrem Hotel, Lichter sahen, Bewegung dahinter und ein Schild, *Bar du Monarque.* Über die Pfützen springend gelangten sie auf die andere Seite. Die Fenster waren vergittert, gelblich getönt und von innen beschlagen; was dahinter sich abspielte, war nur schemenhaft zu erkennen; aber es war laut und voll. Nachdem R. die Tür geöffnet hatte und erkannte, was sie erwarten würde, zögerte er kurz. Spelunke, Kaschemme oder Bordell, was war das passendere Wort?

– Komm, sagte Carima nur, ich bin lange nicht mehr in einer Spelunke gewesen. Und sie trat schwungvoll noch vor ihm ein.

Abgesehen von der Wand hinter der Theke, wo auf Regalen die bunten Flaschen mit den verschiedenen Getränken leuchteten, schien alles, Tische, Boden, Wände und Trinker, wie von schwarzer Farbe übergossen. Nur dort, wo die vielen Mädchen ein wenig Haut zeigten, schimmerte es hell, Paare schwerer, den Stoff schwarzer Bodys überdehnender Brüste, Röllchen weißen, über der Hüfte aus T-Shirts quellenden Specks, ein fetter Nacken, den schwarze Haare zufällig nicht bedeckten. Die Gesichter waren sehr blaß im Neonlicht, wie gepudert; die Augen hingegen überdeutlich geschwärzt und die Lippen tiefrot. Von den vielen Prostituierten, die sich überall in Rabat, ja noch in den kleinsten marokkanischen Städten anboten, waren sie vermutlich die billigsten. Selbst sie aber wirkten in diesem Moment, in dieser Dunkelheit und aus den Augenwinkeln betrachtet, nicht unattraktiv. Sie strahlten eine dem Ort gemäße Souveränität aus, eine schöne Alteingesessenheit. Einige waren für sich geblieben, andere führten ein Gespräch unter Frauen, und manch eine hatte einen Trinker gefunden, der ihr ein Bier bezahlte und vielleicht mehr versprach. Alle schienen sie hier unter Freunden, die Spelunke war ihre Heimat. Was die beiden Fremden am meisten überraschte, war die gelassene, freundliche Stimmung, ohne jede Aggressivität oder Überdrehtheit. Zuhälter, falls es sie gab, blieben vornehm im Hintergrund, und von den Säufern ging offensichtlich keine Gefahr aus. Carima und R. erklärten es sich damit, daß die Männer, die hierhin kamen, den Zenith ihrer Männlichkeit überschritten hatten, wie es in diesem Land sehr früh schon geschieht. Mit ihren Kunstlederjacken, ihren dunklen, unrasierten Gesichtern, den krummen Rücken und großen Händen, taten sie einem eher leid, und von der berstenden, ja wie drohenden Sexualität der Jugendlichen war an dieser Stätte verwunschener Sinnlichkeit kein Hauch mehr zu spüren.

Zunächst schien es, daß die beiden ungewöhnlichen Gäste

wenig beachtet würden. Die Männer kümmerten sich gar nicht um sie, nur die Mädchen schielten manchmal verstohlen zu Carima herüber, als wollten sie fragen: Bist du eine von uns, nur etwas feiner? Wenn nicht, was tust du dann hier? Rauchst und trinkst und fühlst dich fast wie zu Hause. Und blond bist du auch. Womöglich sogar eine echte Blondine? Glauben wir nicht, bei diesen schwarzen Brauen, bei diesen braunen Augen. Und selbst wenn: sicher eine wie wir, was treibt sie sonst her?

Es war ihr letzter gemeinsamer Abend, alle flogen am nächsten Tag zurück, außer R., der nach Marrakesch weiterreisen wollte. Drei Tage hatten sie an einem der unzähligen, nach dem 11. September 2001 vom Goethe-Institut und vergleichbaren Körperschaften initiierten, meist West-östlicher Diwan oder ähnlich genannten Dialog-, Begegnungs-, Versöhnungs-, Aufarbeitungs- und Übersetzungstreffen, Seminaren oder Kongressen für Schriftsteller und sonstige Geistesarbeiter teilgenommen, eine zufällig zusammengewürfelte Truppe mit ebenso zufälligen Partnern von der Universität in Rabat. Einige der Marokkaner kannte R. von früheren Begegnungen, unter ihnen Ahmad Nassib, den Initiator des Treffens auf marokkanischer Seite, ein bekannter Dichter und blendender Intellektueller. Am vierten Tag waren sie nach Fes gefahren, ein Ausflug nur, an einem Tag von Rabat hin und zurück. Allein die Fahrt dauerte dreieinhalb Stunden, und in Fes selbst waren sie keine acht Stunden gewesen. Die älteste und bedeutendste der marokkanischen Königsstädte an einem einzigen Tag kennenzulernen sei unmöglich, hatten alle gesagt, selbst mit einem

Führer wie Nassib, dessen Familie über Generationen hinweg die Geschicke der Stadt mitbestimmt hatte. R., Carima und zwei andere hatten daher überlegt, eine Nacht dort zu verbringen und am nächsten Tag mit dem Zug zurückzufahren. Doch nach rastlosem Umherwandern und Besichtigen hatten sie sich diesen Gedanken aus dem Kopf geschlagen und waren froh, nach Rabat ins Hotel zurückzukehren. Die Eindrücke waren so vielfältig und intensiv, daß sie schon auf der Rückfahrt kaum mehr wußten, was sie alles gesehen hatten.

Der alte Mann, der in konzentrischen Kreisen an sie herangeschlichen war, seit sie Platz genommen hatten, band sich eine Art Bauchladen um und schlurfte auf ihren Tisch zu. Mit seinen verschmutzten alten Kleidern und seinem krummen Gang sah er wie ein betagter Schuhputzer aus. Nach ihrer ersten Bestellung hatte er den Tisch abgewischt, und seither beobachtete er sie. Sein Bauchladen war ein hölzernes, in Fächer unterteiltes Setzkästchen, wie sie Drucker früher zum Aufbewahren ihrer Bleibuchstaben benutzten, jedoch kleiner: Sein Alphabet bestand nur aus acht oder neun verschiedenen Lettern. Aber in dem, was er feilbot, steckte ebenfalls mehr, als man sah. Es waren Samen und Kerne, getrocknete Kichererbsen, geröstete Sonnenblumenkerne, Melonenkerne, Kürbiskerne und ähnliches Knabberzeug. Und für die, die ein wenig Geld hatten, gab es sogar Erdnüsse in feinen, ziegelroten Schalen.

Sie wählten die Nüsse. Sorgfältig, als wollte er einen kostbaren Stoff vor ihnen ausbreiten, legte der Mann die herausgerissene Seite einer Illustrierten auf ihren Tisch, rückte sie zurecht und tat so, als wolle er sie glattstreifen. Eine Kollektion von Stars und Sternchen, von marokkanischen Society-Girls und den dazugehörigen Alphatieren lachte ihnen aus dem Hochglanzpapier entgegen. In den grellsten Farben hatten sich diese Araberinnen geschminkt, fast alle waren blondiert und trugen ein Lächeln zur Schau, das von einem Grinsen nicht zu unterscheiden war. Häßlich waren sie, und was aufreizend an ihnen schien, verdankten sie allein ihrer wilden Entschlossenheit, den Betrachter zu verführen. Die Huren in der *Bar du Monarque* waren harmlos dagegen. Gebannt starrten die fremden Gäste auf die herausgerissene Seite, als sei sie nicht dorthin gelegt worden, um als Unterlage zu dienen, sondern um ihnen die geheime Wahrheit über die feine marokkanische Gesellschaft zu offenbaren. Oder als solle R. eine der Frauen sich auswählen, und eine der hier Sitzenden würde sich daraufhin entpuppen als die Betreffende oder ihr Double. R. drehte das Papier zu sich hin, damit er die Gesichter besser entziffern konnte, machte Anstalten, es hochzuheben und gegen das Licht zu halten, als der alte Mann empört mit der Zunge schnalzte, seine Hand auf das Papier legte, um es festzuhalten, und ihn anschaute wie ein ungezogenes Kind.

– Cacahouetes?

– Cacahouetes!

Behutsam rührte er mit einem Teelöffel im Erdnußfach, hob einen kleinen Haufen davon aus dem Kistchen heraus und entlud die Nüsse auf der Illustriertenseite. Dann schielte er zu ihnen beiden hin und versuchte, ihre Mimik zu deuten. Ein weiterer Löffel Erdnüsse wurde auf die Stützen der marokkanischen Gesellschaft gekippt. Jetzt lagen knapp zwanzig darauf. Wieder der heimliche Blick, wieder der Löffel. Dann schaute der Alte auf: Sie sollten zahlen. Doch R. sagte nur: »Plus, plus!« Ein Löffel wurde nachgelegt. Circa dreißig Erdnüsse jetzt. Noch mehr? Und weil er R. nicht traute (wer bestellte schon so viele Erdnüsse?), schweifte sein Blick auch zu ihr hin. Vor Aufregung sah er nur die vielen blonden Haare. Echt? Doch dafür, erkannte er, waren ihre Augenbrauen zu dunkel. Rasch senkte er die Lider.

– Encore? fragte er.

– Encore! bestätigte sie, und der Alte wurde ungeduldig. So viele Erdnüsse! schien er zu denken. Er nannte den Preis, doch sie verstanden ihn nicht aus dem fast zahnlosen Mund. Um ihm nicht zu wenig zu geben, legte R. einen Schein hin, zehn Dirham. Ein Euro sollte reichen für 30 Erdnüsse, dachte er. Der Verkäufer kramte in seiner Münzsammlung nach Wechselgeld. Fünf Dirham hatte er bald, und als er Anstalten machte, weiterzusuchen, sagte R. »ça va, ça va«. Da schaute der Mann ihn an, um sich zu vergewissern, daß er es ernst meinte, und statt des ausbleibenden Kleingeldes kippte er einen letzten Löffel Erdnüsse auf die Seite – einen symbolischen freilich, keinen der gehäuften wie vorher, und er schüttete auch nicht alle Erdnüsse vom Löffel, sondern nur zwei oder drei, ein Zeichen des Danks eher denn eine wirkliche Zugabe.

Während sie die Nüsse pickten, führte R. den Gedankengang weiter, der sie auf dem Weg beschäftigt hatte:

– Wie einfach es ist, zu behaupten, Fes an einem Tag kennenzulernen sei unmöglich, nur um dann für einen Tag hinzufahren und bestätigt zu finden, ja, an einem einzigen Tag kann man Fes wirklich nicht kennenlernen.

– Und, griff sie seine Worte auf, mit dieser Behauptung

alles abzutun, was wir gesehen und gehört und zweifellos tatsächlich erlebt haben. Als wäre das Unvollständige, Bruchstückhafte nicht Teil dieses Kennenlernens, nur weil es vielleicht etwas anderes ist als das, was wir eigentlich wollen, nämlich restlos oder fast restlos alles zu sehen und zu begreifen. Wenn man mit dieser Einstellung hinfährt, ist es allerdings unmöglich, Fes kennenzulernen, so lange man dort auch verweilt.

Und indem sie so dasaßen, knabberten, redeten und eine der kleinen, gerade einmal 0,25 Liter fassenden Bierflaschen nach der anderen bestellten, so daß sie bald vor lauter Flaschen den Tisch nicht mehr sehen konnten, war aus der Frage, wie das Geschehen in Fes angemessen zu beschreiben und aus der Tiefe heraus zu verstehen wäre, mit einem Mal der Gedanke an ein Buch geboren.

Als sich der Ausflug nach Fes seinem Ende zuneigte, hatte eine brenzlige Stimmung von der Gruppe Besitz ergriffen. Die Gäste waren mundfaul geworden, hielten Abstand voneinander, erschöpft vom pausenlosen Laufen, vom ständigen Beisammensein, den Erklärungen in den Fremdsprachen, den permanenten Anforderungen an die Sinne und den historisch-politischen Exkursen Nassibs, des aus Fes stammenden Dichters, der sich nach dem Gefühl mancher ein wenig zu sehr gefiel in seiner Rolle als Cicerone. Erschöpft aber auch von den eigenen Reaktionen, den unkontrolliert heraussprudelnden, anfangs begeisterten, mit zunehmender Müdigkeit unduldsameren Ausrufen und Kommentaren, und müde schließlich vom Auf und Ab der Gassen im alten Fes.

Das verspätete Mittagessen sollten sie im Stadthaus der Familie Tasi aus dem 19. Jahrhundert einnehmen, das unlängst in eine Luxusherberge im klassischen Stil verwandelt worden war. Der den Tag über schwelende, von kleinsten Bemerkungen geschürte, aber stets schnell in die Weltgeschichte ausgreifende Streit zwischen Nassib und Hammerkohl, dem selbsternannten Andalusien-Kenner der Gruppe, loderte noch einmal mit letzter Kraft auf und verlosch dann.

Das erste Stockwerk, zu dem sie über eine vom angrenzenden Platz heraufführende Treppe gelangten, war ein tiefer, nicht weiter unterteilter hoher Raum, der als farbenfrohe Verkaufsgrotte für die herrlichsten Teppiche diente. Sie hingen und lagen in dicken, nicht mehr zu zählenden Schichten übereinander. Kaum daß sie eintraten, versickerten ihre Blicke und Laute in diesen bunt gewebten Schichten. Über die Wirtschaftsräume im ersten Stock gelangten sie in das einstige Empfangszimmer, das als repräsentativer Speisesaal genutzt wurde. Es hatte keine Fenster, wurde aber durch mehrere Luken im Dach dezent von natürlichem Licht erhellt. Stolz wies Nassib darauf hin, daß die bemalte und mit kalligraphischen Schnitzereien versehene Holzdecke über hundert Jahre alt war.

In diesem Saal, so die Vorstellung von Nassib, sollte die zwölfköpfige Gruppe speisen. Aber alle waren sofort über die steilen Treppen zur Dachterrasse hinaufgestiegen. Diese war dank eines Schattengitters vor der Sonne geschützt, es wehte ein kühler Wind, und sie genossen den Blick über die Dächer, die wie Stufen den Hang hinaufführten, an dessen unterem Ende, beim dort zusammenfließenden Wadi Fes, das Palais lag. Die Tische waren wie für ihre Ankunft gedeckt, und alle ließen sich nieder, froh, endlich zu sitzen und beim Essen für eine Stunde in Ruhe so verharren zu dürfen.

Nassib aber hatte es anders geplant. Mochte es auf der Dachterrasse noch so schön sein – sie war dem Anlaß nicht angemessen. Einige erregten sich darüber, ihren schönen Platz wieder aufgeben zu müssen, und versuchten, Nassib umzustimmen, oder taten so, als seien sie fest entschlossen, sitzen zu bleiben. Doch Nassib beharrte auf seinem Standpunkt, und da er alles organisiert hatte, da er es war, der einlud und bezahlte, wäre es eine grobe Unhöflichkeit gewesen, sich seinem Willen ernsthaft zu widersetzen und die untergründig schwelenden Konflikte an einer solch banalen Frage offen ausbrechen zu lassen.

Das Essen auf der Terrasse einzunehmen wäre der von Nassib gewollten Feierlichkeit, dem offiziellen Charakter des Besuchs nicht angemessen gewesen. Sein ganzes Auftreten, seine Anspannung, seine hochkonzentrierte Entschiedenheit und die perfekte Durchplanung der drei Tage ihres Beisammenseins, besonders aber des Ausflugs nach Fes, bewiesen, wieviel ihm diese Begegnung bedeutete. Der Besuch der deutschen Schriftsteller bei den marokkanischen Dichtern verkörperte für ihn einen möglichen Scheideweg in den Ost-West-Beziehungen, eine in greifbare Nähe gerückte Wende in der wechselseitigen Wahrnehmung.

Seine großen Erwartungen fanden ihr vielmals abgeschwächtes Echo bei den Gästen im Bewundern einer Moschee, einer schön geschnitzten Tür, im Kauf einer Einlegearbeit oder im Staunen über die betagten arabischen Häuser mit ihren malerischen Innenhöfen. Vielleicht auch im Vorsatz, den nächsten Urlaub in einer der zauberhaften Herbergen zu verbringen, in die manche Häuser der Altstadt verwandelt worden waren. Für sie war der Ausflug nach Fes eine touristische Zugabe, deren Sinn sich erfüllte, wenn Fotos geschossen und Souvenirs in Form von Deckchen, Tüchern und Schals für einen günstigen Preis erstanden werden konnten.

Es war die Belohnung für die theorieschweren Diskussionsrunden über die Aufgaben der Literatur, die Grenzen der Übersetzung und den Dialog der Kulturen – Ungreifbares, Dinge ohne Geruch, in denen Bilder und Anschauung fehlten. Nur die Stimmen, die rauhen, gepreßten, schwer und fremd intonierten Stimmen der Marokkaner waren es, die in ihrer unaufhebbaren Körperlichkeit die Differenz zwischen den Gesprächspartnern aufrechterhalten hatte; ohne sie hätten die Diskussionen genauso in jedem Land geführt werden können.

Doch nach und nach enthüllte sich die Besichtigung von Fes, der alten Hauptstadt Marokkos und einstigen Zufluchtsstätte vieler Generationen aus Spanien vertriebener Araber, als eigentlicher Höhepunkt der gesamten Begegnung. Es war keine harmlose Stadtbesichtigung, sondern die Konfrontation mit dem radikal Anderen, mit der Stadt und Stein gewordenen, Geruch und Anblick gewordenen Fremdheit, die identisch war mit der Fremdheit der arabischen Stimmen an den Tagen zuvor. Es war eine Initiation, ein von Nassib an vielen hochrangigen Besuchern erprobtes Ritual (Jacques Derrida und Dominique de Villepin waren nur die berühmtesten), die Einweihung der Novizen in die vergangene Größe der arabisch-islamischen Kultur, genauer, in die Größe der andalusisch-maghrebinischen Kultur, die mit der arabisch-islamischen, so Nassib, nicht zu verwechseln sei. Über Fes zu reden, das war für Nassib über Andalusien zu reden. Tragisch war für ihn weniger der Untergang dieser Kultur als ihre Verkennung, nicht zuletzt durch die Araber selbst. Und er schien es als seine Mission zu begreifen, diesen Irrtum aufzuklären und den Geist der andalusischen Kultur auf zeitgemäße Weise wiederzubeleben, die Araber auf diese Art vom islamischen Fundamentalismus abzubringen und den Westen von seinem Konfrontationskurs.

Die Deutschen waren dazu prädestiniert, die Rolle des Mittlers zu spielen. Unschuldig wie sie waren oder sich wähnten, wollten sie dies freilich nicht wahrhaben. Dabei hatte Nassib mehrfach darauf angespielt: Deutschland hatte im Zweiten Weltkrieg Frankreich bekämpft und geschlagen und damit den Zusammenbruch des französischen Kolonialismus eingeleitet. Deutschland hatte, schon bevor die Franzosen in Marokko so richtig Fuß faßten, beinah einen Weltkrieg vom Zaun gebrochen, um Marokko zu retten. Es hatte seine Kanonenboote nach Agadir geschickt, und der Deutsche Kaiser hatte in Tanger eine Rede gehalten und für die Unabhängigkeit Marokkos geworben. Wußten die Deutschen das nicht mehr? Und Deutschland hatte keine Kolonien, jedenfalls nicht bei den Arabern. Auch sonst waren sie keine Imperialisten und hatten den Völkern der dritten Welt nichts getan. Nicht einmal am Irakkrieg haben sie sich beteiligt, und in Afghanistan, so ging bei den Arabern das Gerücht, hätten sie nur Platzpatronen in ihren Waffen.

Und Deutschland hatte Dichter, deren geheimnisvolle Aura und daraus resultierender Ruhm sich um so größer darstellten, je unbekannter sie waren. Der aus unverschuldetem Halbwissen resultierende Nebel um die deutsche Literatur wurde in der Vorstellung der marokkanischen Schriftsteller von mythischen Wesen mit unausdenklichen Kräften bevölkert. Sie trugen so rätselhafte Namen wie Rute, in manchen Ecken der arabischen Welt auch Djute, und gemeint war der Dichter des West-östlichen Diwan. Oder Sielan, Rielque, Bien, Igel und Eidecker. Der unumstrittene Herrscher über all diese Fabelwesen war gemäß Nassib und seinen Freunden aber der eine und einzige Nitch. Allenfalls Rambo, ein Franzose, hätte es mit der Hochachtung, die Nitch genoß, aufnehmen können.

Über die Verehrung für Nietzsche klärte Nassib sie unmittelbar nach der Besichtigung des berühmten Gerberviertels von Fes auf. Auf dem Weg durch die umliegenden Gassen waren sie mehrfach beiseite gedrängt worden von den mit vielen Schichten von Häuten beladenen, unter ihrer Last unsichtbaren, schwankenden Eseln. Es schien, als geisterten diese Häute nun allein, ohne Körper, Beine, Hufe und Kopf durch die Straßen der sie schindenden Stadt. Aber auch Menschen gab es unter diesen Häuten, Träger, von denen man nichts als die Beine sah, schöne, braungefärbte Schenkel, mager und muskulös, urzeitliche Wesen aus nichts als Beinen und Leder. Sie verteilten den säuerlich-stechenden Geruch der frisch gegerbten Haut in die umliegenden Gassen. Oder brachten den eher süßlichen, doch nicht weniger aufdringlichen von totem Tier und altem Blut, von abgezogenem Fell. Regelrecht witterten die Besucher – und wann wittert heute der Mensch noch? –, wie sie sich, indem sie den abschüssigen Gassen folgten, den Gerbereien näherten. Diese lagen direkt am Flußlauf, unten in der Senke zwischen den beiden ältesten Stadtteilen, dem der Kairuaner und dem der Andalusier.

An der Schwelle zum Bezirk dieser Ledermacher zögerten die Empfindlicheren unter ihnen, abgeschreckt vom Gestank, von der Aura des Schlachtens und Tierquälens, von der für modernen Geschmack allzu sichtbaren Handarbeit, von der mutmaßlichen Ausbeutung und wahrscheinlichen Verwendung echter chemischer Chemikalien. Aber die Neugier siegte. Von der Aussichtsplattform blickten sie gebannt hinab auf die vielen bunten, in den Boden gemauerten und ausgekachelten Becken, in denen die Gerber, mit bloßen Beinen in diesen Vertiefungen stehend, ihrem rätselhaften Geschäft nachgingen.

Es war ein Anblick für Maler. Aber all die ungewohnte Schönheit in diesem Land, wie die Schönheit der Spelunke von Rabat, ja selbst wie die auf den ersten Blick so viel reinere Schönheit der mittelalterlichen Medressen in ihrem gnadenlos noch den letzten Winkel erfassenden Zierwerk war auch diese in ihrer Radikalität ein Stück weit erschreckend und unerträglich. Der Geruch tat das Seine dazu. Er bildete unter den Sinneseindrücken die Folie für das, was die Augen wahrnahmen, und verband sich mit diesem Anblick zu einem einzigen Ding, das so im Gedächtnis verblieb.

Aber Nassib führte sie weiter, zurück in die Gasse, von der sie herabgekommen waren, in ein Haus, das von außen, zwischen den Läden, kaum zu erkennen gewesen war. Es hatte eine prachtvolle, allerdings im Verfall begriffene Galerie im ersten Stock, die sich in Form von Rundbögen gegen den Hof öffnete, der mit einem an sich durchsichtigen, nun arg verschmutzten Plastikdach versehen war. Sie dachten, Nassib wolle ihnen eine weitere der hinfälligen Sehenswürdigkeiten von Fes zeigen, und einige schickten sich bereits an, das von ihnen vermeintlich erwartete Staunen zu äußern. Nur war dazu kein Anlaß. Was jetzt als Geschäft oder eher Lagerhalle für Kleider und alle Arten von Stoffen diente und ursprünglich ein prächtiges Wohnhaus gewesen sein muß, war vor nicht allzu langer Zeit, während Nassibs Jugend in den sechziger Jahren, die größte, erlesenste und beste Buchhandlung von Alt-Fes, ja vielleicht von ganz Marokko gewesen. Nicht nur alle Neuerscheinungen und lieferbaren Bücher fand man hier, sondern, wenn man nur lang genug suchte, auch alte und älteste, ja bisweilen auch Handgeschriebenes, Wertvolles und Dutzendware bunt gemischt. Hier hätten Nassib und seine Freunde sich regelmäßig getroffen, diskutiert, gestöbert, Bücher gekauft und gestohlen oder geliehen, das heißt heimlich geliehen, also eigentlich gestohlen, aber zurückgegeben, oft auch weiterverliehen und erst über den Umweg vieler Leserhände zurückgegeben, so daß manches Buch, das als neues im Laden lag, bald als gebrauchtes verkauft wurde, was die Unterscheidung von Buchhandlung und Antiquariat, aber auch von Buchhandlung und Leihbücherei zunichte gemacht habe, zumal es oft gar nicht nötig gewesen sei, die Bücher zu ›leihen‹, also leihweise zu stehlen, da man sie ebensogut gleich in der Buchhandlung mit ihren vielen Verstecken und Winkeln lesen konnte, wodurch diese Bücher freilich ebenfalls rasch in den Zustand des Gebrauchtseins überführt worden seien.

Zu den Entdeckungen aber, zu den ganz großen, prägenden, einschneidenden Entdeckungen, die er und seine Freunde in dieser Buchhandlung gemacht hätten, zählten die Übersetzungen von Nietzsche, besonders eine frühe arabische Übersetzung des *Zarathustra,* welche ihre zweite Bibel, vielmehr ihr zweiter Koran geworden sei und die er heute noch auswendig aufsagen könne, so daß er immer aufpassen müsse, wenn er ein Gedicht schreibe, daß ihm kein Zitat unterlaufe. Unvermindert, sagte er, könne er sich mit diesem Buch identifizieren, und das gelte für alle seine Freunde, für nahezu alle ernst zu nehmenden marokkanischen Schriftsteller heute. Nietzsche habe sie aus der Gefangenschaft von, aus der Bezogenheit auf die Religion befreit, genauer, er habe sie vom Dogma und von den Aussagen der Religion erlöst und zugleich die Form, die Leidenschaftlichkeit, die Spiritualität gewahrt und hinübergerettet in die neue Zeit. Und wer, wenn nicht sie, die Dichter, die Deutschen, die Gäste, diese echten und einzigen Nachfahren Nietzsches und sicherlich Nietzsche-Kenner, -Würdiger und Auswendigkönner, wer wenn nicht sie wäre in der Lage, seine Vision, seine Pläne, seine Vorhaben zu verstehen und zu unterstützen. »Die wunderbare maurische Kultur Spaniens«, so zitierte er Nietzsche, indem er die auswendig gewußte arabische Übersetzung spontan ins Französische übersetzte, »sei den Deutschen im Grunde verwandter, zu Sinn und Geschmack redender als Rom und Griechenland«.

– *Antichrist,* kommentierte da einer der Deutschen sofort, Hammerkohl, selbstredend. Nicht viel wert. Im Affekt geschrieben. Die Argumente wählend, wie es ihm gerade paßt, um seine Zeitgenossen zu beschimpfen. Wenn *er* Andalusien den Griechen vorzieht (bedenken Sie, meine Herren, der *Altphilologe* Nietzsche), ist das der beste Beweis dafür, daß alle seine Zeitgenossen das Gegenteil gedacht haben. Und natürlich auch Nietzsche selbst. Er wollte provozieren, das ist das ganze Geheimnis.

Hammerkohl, selber Anhänger der antiken Bildung, hatte dies auf deutsch gesagt. Man sah, wie Nassib, der das Deutsche gar nicht verstand, inständig zu erfassen versuchte, was Hammerkohl meinte. Keiner machte Anstalten, es ihm mitzuteilen, auch R. nicht, der als derjenige, der Nassib und den Arabern am nächsten stand, am meisten dazu berufen gewesen wäre.

Und Hammerkohl redete weiter. Er hatte für die Fahrt nach Marokko statt eines Reiseführers eines der ersten deutschen Bücher über Andalusien eingesteckt, Adolf Friedrich von Schacks »Poesie und Kunst der Araber in Spanien und Sicilien«. Sein Exemplar war die stockfleckige Erstausgabe in zwei Bänden von 1865 mit der Signatur der Universitätsbibliothek von Heidelberg, wo er lehrte. Er verhielt sich, als hätte er diesen Auftritt lange vorbereitet und nur auf das richtige Stichwort gewartet. Denn kaum hatte er seinen Kommentar über den Altphilologen Nietzsche geäußert, schlug er das Buch an einer der vielen mit Zetteln markierten Stellen auf und las vor:

»Der Araber stellt sich alle Bilder der Außenwelt nicht in scharfen und bestimmten Umrissen vor, er erblickt sie wie in einer schimmernden Nebelhülle, welche die Linien ineinander verschwimmen macht, und fühlt daher auch nicht den Drang, ihnen feste Formen zu geben. Wenn er Erscheinungen der Natur und des Menschenlebens schildern will, gibt er immer vielmehr den Eindruck wieder, den er von ihnen empfangen, als das, was er wirklich gesehen hat, und diesen Schilderungen gebricht es ebensosehr an dem sicheren Ertasten der hervorstechenden Züge, wie sie sich durch ein prangendes Colorit auszeichnen. In allen den bezeichneten Punkten stehen sie, und die semitischen Völker überhaupt, im schroffsten Gegensatze zu den Griechen; wie diesen plastisches Vermögen im höchsten Maß verliehen war, so zogen jene die ganze Außenwelt in ihre Subjektivität hinein.«

Es war gar nicht nötig, Nassib, der bisher in kaum einer seiner Erklärungen mit solcher Entschiedenheit unterbrochen worden war, zu erläutern, worum es ging. Obwohl er kein einziges Wort Deutsch konnte, erfaßte er die Stimmung intuitiv. Während Hammerkohl von Schack vorlas, nickte er, als verstünde er, worum es ging. Und wer Nassib bis dahin nicht ganz ernst genommen hatte, wurde durch seine Reaktion eines Besseren belehrt.

– Vous savez, hob er an, wir verstehen die Vorurteile des Abendlandes gegenüber den Arabern und Muslimen nicht richtig, wenn wir übersehen, daß die Orientalisten des 19. Jahrhunderts die besten Argumente ihrer Kritik an den Arabern von den alten arabischen Schriftstellern selbst entliehen haben. Nur haben sie dabei leider übertrieben und die Argumente viel zu pauschal angewandt. Wenn zum Beispiel die muslimischen Religionsgelehrten einen Teil der überlieferten Sprüche des Propheten für gefälscht erachteten, so verallgemeinerten dies die Orientalisten und hielten gleich die meisten dieser Überlieferungen für unglaubwürdig. Wenn manche arabische Reisende in der Neuzeit die andalusische Kultur nicht kannten und sich verwundert die Augen rieben über das, was sie sahen, bilden die Orientalisten sich ein, sie selbst hätten es wiederentdeckt. Und wenn Ibn Khaldun, der bei euch im Westen wie kein arabischer Denker beliebt ist (das Haus, in dem er in Fes gelebt hat, werden wir gleich besichtigen), in seiner berühmten »Einleitung« in die Weltgeschichte die alten Araber als regelrechte Banditen bezeichnet hat, weil sie sich nicht in stabilen gesellschaftlichen Verhältnissen einzurichten wüßten, haben die Orientalisten und die französischen Kolonialbeamten pauschal die Unzivilisiertheit aller Araber daraus geschlossen – als wäre Ibn Khaldun nicht auch ein Araber gewesen!

– Zugegeben, Ibn Khaldun hat es ihnen leichtgemacht, fuhr Nassib fort. Man braucht nur die Überschriften zu lesen, zum Beispiel aus der Einführung in die Weltgeschichte, zweiter Teil, 25. Kapitel: *Die Länder, die von den Arabern erobert werden, sind schnell ruiniert.* 26. Kapitel: *Nur wenn sie sich auf eine religiöse Bewegung stützen, gelangen die Araber an die Macht.* 27. Kapitel: *Die Araber können nicht regieren.* Und jetzt schauen Sie sich die arabische Welt heute an, sagte er in einem plötzlichen Anfall von Sarkasmus. Geben wir uns nicht alle Mühe, die Richtigkeit von Ibn Khalduns Behauptungen Tag für Tag aufs neue zu erweisen? Wahrlich, euch im Westen können wir keine Vorwürfe machen.

Der 1332 in Tunis geborene Ibn Khaldun, so war von Nassib schon auf der Busfahrt referiert worden, hatte Fes zu seiner besten Zeit erlebt. Aus einer angesehenen Familie stammend, lernte er den Merinidenherrscher Abu l-Hassan kennen, als dieser 1347 Tunis eroberte, und kam in Kontakt mit den vielen Gelehrten, die im Gefolge der Meriniden mitgezogen waren und die Ibn Khaldun am Schluß seiner 4000seitigen »Weltgeschichte« als seine Lehrmeister aufzählt. Kurz darauf starb seine ganze Familie bei der großen Pestepidemie in Tunis. Es war dieselbe Pest, die 1348 Florenz heimsuchte und von der Boccaccio im Decamerone erzählt. Wenige Jahre später wurde Ibn Khaldun nach Fes berufen und arbeitete als Privatsekretär von Abu l-Hassans Sohn Abu Inan, der die schönste und teuerste Medresse von Fes errichten ließ, die Medersa Bu Inania. Dann fiel er in Ungnade und verbrachte zwei Jahre im Kerker. Fast alle Wirren, Umstürze und Intrigen seiner Zeit hat der ehrgeizige Intellektuelle, der in seinen jungen Jahren wie ein Süchtiger die Nähe der Macht suchte, am eigenen Leib erfahren. So kräftig mischte er dabei mit, daß er mehrfach nur durch Flucht sein Leben retten konnte.

Nachdem er von alldem genug hatte, zog er sich auf eine einsame Festung im algerischen Hochland zurück, um die Weltgeschichte zu schreiben, wie er sie sah und erlebt hatte, und über diesem Stoff wurde er zum Begründer der zyklischen Geschichtstheorie. Bei Betrachtung der mittelalterlichen Historie Andalusiens und Nordafrikas, wenn nicht der weiteren menschlichen Geschichte bis gestern, schloß Nassib seine Betrachtungen über Ibn Khaldun, sei es ja auch kaum möglich, die Geschichte anders als zyklisch zu denken.

R. hatte die Wege Ibn Khalduns auf seinen Reisen in die arabische Welt bereits zuvor einmal gekreuzt, und im Nachdenken über die Worte Nassibs und das in Fes Erlebte überkam ihn das Gefühl, als entfalte diese andere, erste Begegnung mit Ibn Khaldun ihren Sinn erst jetzt, und als sei ihm damals, ohne daß er es ahnte, der Schlüssel zugesteckt worden, der es ihm dann erlaubte, Fes auf gebührende Weise zu lesen.

Einer Einladung folgend war er nach Algier geflogen, und

dort sagte man ihm, er solle weiter nach Tiaret reisen, ohne daß er von dieser Stadt je zuvor in seinem Leben gehört oder man ihm verraten hätte, weshalb er ausgerechnet dahin fahren und einen Vortrag halten sollte. Von Algier dauerte die Fahrt mit dem Auto gute vier Stunden. Auf der Straße nach Oran ging es in westliche Richtung, dann bogen sie nach Süden ab, in die Berge. Die Straße war gut instand gehalten, streckenweise ganz neu und wenig befahren. Der alte Mercedes, der ihm mit Fahrer zur Verfügung gestellt worden war, glitt mit 120 km/h durch die Landschaft, und obwohl es Dezember war, zeigte sich der Himmel in tiefster Bläue. Alles war Licht.

Entlang dieser Strecke war es nur wenige Jahre zuvor regelmäßig zu Überfällen von Islamisten gekommen, und auch jetzt, so hatte er noch am Morgen im Hotel gelesen, gab es vereinzelt falsche Straßensperren, an denen die islamischen Aufständischen, als Militärangehörige oder Polizisten verkleidet, Reisende abfingen und ermordeten. Die Straßensperren, die sie passierten (Sandsäcke mit Soldaten an Maschinengewehren, dahinter manchmal ein Schützenpanzer oder eine befestigte Polizeistation), entpuppten sich sämtlich als echt. Da sie dies natürlich immer erst hinterher wußten, wurde die Autofahrt ein echtes kleines Abenteuer.

Vom Land im Krieg zeugten sonst nur noch die unzähligen, jeweils in Sichtweite voneinander auf gegenüberliegenden Hügelkuppen errichteten Wachtürme. Es waren L-förmige Betonklötze, etwa von der Größe zweier Schiffscontainer, wenn man einen von beiden hochkant wie einen Bauklotz auf den anderen stellt. Fenster hatten sie keine, nur winzige Schießscharten oder Sichtspalten und eine Aussichtsplattform. Diese

Kleinstburgen, die jeweils einer Gruppe von drei oder vier Soldaten Schutz bieten mochten, waren nach wie vor behaust; an Wäscheleinen flatterte die schneeweiße Soldatenunterwäsche wie ein Friedenszeichen. Manchmal sah man einen der hageren Männer mit entblößter Brust in der Sonne sitzen, die Beine vom unteren Teil des L hinabbaumeln lassend, das Gewehr daneben abgelegt, rauchend. Oder den Oberkörper hin und her wiegend, den Koran rezitierend, eine typische, auch im Vorbeifahren leicht zu erkennende Angewohnheit der Frommen. Manche dieser Burgen wiesen Brandspuren oder Einschußnarben auf und wirkten verlassen, andere schienen wie von der Witterung angeknabbert und gaben das rostrote Stahlgerüst des Betons preis. Durch ihr regelmäßiges, die Fahrt taktendes Auftauchen bekamen sie etwas von einer Naturerscheinung oder der Spur eines fernen Zeitalters mit rauheren Sitten. R. mußte sich eingestehen, der Eindruck gefiel ihm.

Tiaret heißt auf arabisch Tahert, hatte R. kurz zuvor gelernt, und daß ausgerechnet die mit dem H auf Kriegsfuß stehenden Franzosen die Araber mit ihren drei verschiedenen, jedem Franzosen gleichermaßen unaussprechlichen H-Lauten kolonisieren mußten, zeugt von der Dämonie des Weltgeistes. Im Wort Tiaret ist das Problem elegant gelöst, aber daß Hussain, der freundliche, verblüffend dunkelhäutige, eigentlich schwarze Deutschlehrer, der ihn einige Tage vor der Fahrt nach Tiaret durch Oran begleitete, in seinem Paß für alle Zeiten den Namen »Aoussine« trägt, legt ein beredtes Zeugnis ab über die Mentalität des in den fünfziger Jahren die Geburtsurkunde ausstellenden französischen Kolonialbeamten.

Aoussine selbst quittierte R.s Entsetzen über die Verballhornung seines Namens nur mit einem Lächeln. Im Alter von fünfundzwanzig Jahren, kurz nach der algerischen Unabhängigkeit 1962, wurde Aoussine Bürgermeister des zivilen Teils von *Mers el-kebir,* dem größten Marinehafen des nördlichen Afrika. Der Hafen wurde im 12. Jahrhundert von den Almohaden in einer weiten, gut geschützten Bucht bei Oran angelegt, kurz nachdem Fes in ihre Hände gefallen war. Im Zweiten Weltkrieg hatte sich die ganze französische Mittelmeerflotte hierhin zurückgezogen. Um zu verhindern, daß sie nach der Niederlage Frankreichs den Deutschen in die Hände fielen, wurden die meisten der vor Anker liegenden Schiffe 1940 von der Royal Navy zerstört. Aoussine konnte genau benennen, wo auf der blauglitzernden Wasseroberfläche welche Schiffe gesunken waren, französische, britische, deutsche.

Aus der Politik hatte er sich zwar zurückgezogen; aber ganz schien er sie doch nicht aufgeben zu können. Zu jener Zeit arbeitete er in einer Kommission mit, die die Vorfälle um den Bau des neuen Hilton-Hotels in Oran untersuchen sollte. Sogar vom Restaurant aus konnten sie den riesigen, recht geschmackvoll konzipierten Bau am anderen Ende der Bucht erkennen.

– Die Arbeitslosigkeit unter unseren Jugendlichen beträgt mindestens 50%, vielleicht mehr. Niemand traut sich zu zählen. Aber der Bau des Hilton, obwohl oder weil der Staat seine Finger im Spiel hat, wird natürlich öffentlich ausgeschrieben. Marktwirtschaft, Auflagen des Währungsfonds, fairer Wettbewerb etc. Wer das günstigste Angebot macht, kriegt den Zuschlag, nicht wahr? Alle bieten: Spanier, Franzosen, Algerier, Saudis, Chinesen. Die Chinesen kriegen den Zuschlag, mit

Abstand das billigste Angebot. Und jetzt hör dir an, wie sie das machen. Sie stellen keine algerischen Arbeiter ein, denn die sind zu teuer. Zu teuer! Fünf Dollar am Tag ist denen zu viel. Sie importieren ihre eigenen Arbeiter. Die leben wie in einem Konzentrationslager, verlassen nie das Gelände, kaufen nicht ein, bringen alles von zu Hause mit, selbst das Gemüse. Die Algerier haben gar nichts davon, außer daß am Ende ein Hilton in der Landschaft steht. Dann kommt es zu Streiks, zu Unruhen in den Lagern, einige Chinesen brechen aus, es gibt Tote, Verletzte, Genaues wissen wir nicht. Und jetzt erfahren wir, warum die Chinesen unser Hilton billiger als alle anderen bauen können: Ihre Arbeiter sind keine Lohnarbeiter, sondern Strafgefangene. Wer sich bereit erklärt, nach Algerien zu gehen, um das Hilton zu bauen, kriegt ein paar Jahre geschenkt, voyez? Daß es Sklaverei gibt, ist kein Geheimnis – aber in dieser Form, in einem Land wie Algerien, wo jeder seine Arbeitskraft zu sklavischsten Bedingungen verkaufen würde?

Als der alte Mercedes nach vierstündiger Fahrt gegen Abend in die Nähe einer größeren Siedlung kam, die sich durch weiträumig umzäunte Felder ankündigte, erinnerte R. sich daran, wie Aoussine ihm erklärt hatte, daß Tiaret seit Jahrhunderten für die Pferdezucht bekannt sei und Renn- und Rassepferde in alle Welt exportiere, besonders natürlich in die Golfstaaten. R. sah nur wenige Pferde in den riesigen Koppeln, aber schon diese wenigen, dafür in allen Pferdefarben, wirkten, indem sie ein so riesiges Gebiet wie selbstverständlich für sich beanspruchten, an diesem lichten Winterabend wie Wesen aus einer freieren, schöneren Welt.

Der örtliche Kulturdirektor, ein ausgesprochen eleganter älterer Herr, ebenfalls Schriftsteller, wie er sagte, hielt zur Begrüßung eine kleine Ansprache über die Geschichte und Bedeutung der Stadt und wies darauf hin, daß sie mit dem Leben zweier bedeutender, sogar im Westen bekannter Persönlichkeiten unauslöschlich verbunden ist: Sie sei der Geburtsort (*masqat ra's,* wie die Araber sagen, der Ort, wo einem der Kopf hinfällt) des großen französischen Orientalisten Jacques Berque, dessen Vater hier als Kolonialbeamter gedient habe. Jacques Berque war R. durchaus ein Begriff; aber daß sich die Stadt auf ihn berufen mußte, um sich der Welt in Erinnerung zu bringen, ließ einen Anflug von Mitleid in seinem Gesicht aufscheinen. Es verflog, als er vom zweiten großen Mann hörte, der hier gewirkt hatte: Ibn Khaldun. In der Umgebung von Tiaret nämlich lag die Festung, in die er sich zurückgezogen hatte, um während dreier Jahre den Anfang (die ersten ein- bis zweitausend Seiten) seiner Weltgeschichte zu verfassen, bevor er auf Pilgerfahrt ging und den Westen der arabischen Welt für immer verließ.

Als wollte die Historie die Richtigkeit von Ibn Khalduns Thesen über den zyklischen Charakter des Weltgeschehens illustrieren und sich zugleich dafür rächen, war in Tiaret von der Vergangenheit nichts zu spüren. Selbst die Kolonialzeit war wie ausgelöscht, nur wenige ältere Villen im Stadtkern zeugten davon, daß die Stadt nicht erst seit kurzem existierte. Die meisten Häuser waren in den letzten fünf Jahren entstanden, viele schienen überhaupt nur provisorisch fertiggestellt, die Straßen waren ungepflastert und winterlich matschig, und gleich hinter R.s Hotel, das ebenfalls brandneu war, begann die Stadt auszufransen, und die Fransen waren die wie Finger ins Brachland ragenden Beton- und Backsteinprovisorien.

Und während R., als die Sonne schon untergegangen war, im letzten, grünlichen Licht aus seiner überdimensionierten, nagelneuen Hotelsuite mit den wie eine Kulisse anmutenden, bei der ersten Benutzung auseinanderbrechenden Möbeln hinausblickte auf die Beton- und Ziegelprovisorien und die danebenliegenden, unbestellten Felder, deren künftige Nutzung als Bauland sich bereits abzeichnete; während er am offenen Fenster in der winterwüstennachtkalten Luft stand und sich über das erhebende Gefühl wunderte, welches der durch nichts sich auszeichnende Ort ihm einflößte, verstand er mit einer Gewißheit so unbezweifelbar, als wäre er selber Ibn Khaldun, weshalb dieser sich hier und nirgendwo anders hin zurückgezogen hatte, um seine Weltgeschichte zu schreiben. Und R. dachte, daß dies und nichts sonst, dieser verlorene Ort am Rande der Wüste, diese schiere, gesichts- und geschichtslose Anonymität für jeden Schriftsteller der mit Abstand geeignetste Ort wäre, um das Buch zu schreiben, das er immer schon schreiben wollte.

Besonders aber ein solches; eins über Fes.

Zweite Umkreisung

Dritte Umkreisung

Eine Straße wie nach Tiaret, nicht nach Tiaret. R. weiß, er befindet sich in diesem Moment im Osten von Algerien; der letzte Ort, an den er sich erinnert, ist Constantine, und er ist in südlicher Richtung unterwegs. So genau er dies weiß, er weiß nicht, woher er es weiß. Erneut die großen Buchstaben aus Beton, L, L, und L. *Quinquaginta.* Daß er in zehn Jahren fünfzig wird, fällt ihm ein, und seine Konfektionsgröße, *quadraginta,* XL, zunehmend allerdings L. Spinnen, die Konfektionsgrößenfestleger. Etwas stimmt nicht mit seinen Gedanken, aber er kann im Moment nicht ausmachen, was. An einer Straßensperre mit zwei Schützenpanzern werden sie durchgewunken, dann biegt das Auto von der Hauptstraße nach links ab. Ihm fallen die Namen wieder ein, die er nur wenige hundert Meter zuvor gelesen hat, obwohl das eine Ewigkeit her scheint: Biskra, 85 Kilometer, mit dem Pfeil geradeaus. Timgad, 30 Kilometer, Pfeil nach links, und der Hinweis: 1000 Höhenmeter. Was sollte er in einer Stadt namens Timgad? Was ist Timgad, Timgad, irgend etwas sagt ihm der Name, Timgad, Tamgad. Nichts. Tamgad? Tamgad, Tamugad, Tamugadi. Besser mit Theta: Thamugadi.

Sie halten im Nichts, Ende der Straße. Eine riesige, steinerne Fata Morgana, Luftspiegelung nicht aus einem anderen Ort, sondern aus einer anderen Zeit. Daß er schon einmal hier gewesen ist, wann und unter welchen Umständen auch immer. Denn er kennt sich aus. Nicht verwunderlich, er kennt sich an den ungewöhnlichsten Orten aus, und hier sich auszukennen ist doppelt leicht, angesichts der schematisch angelegten Stadt, wenig Phantasie die Römer, ein ganzes Weltreich, die ganze bekannte Welt damals voller identisch strukturierter Städte. Römernorm, Art pränatale EU. Den Gedanken will er sich aufschreiben. Läßt sich in Stellung bringen, denkt er, gegen die, die einem erzählen, Uniformität sei ein Laster unserer Zeit. Aus Amerika. Vielmehr eindeutig eine europäische Erfindung.

Kaum eines der Trümmer ist höher als anderthalb Meter, das Gelände ist eben, der archäologische Bezirk läßt sich gut überblicken. Am Horizont die Umrisse des Aurès-Gebirges und darüber die weißgrauen Bausche der angesammelten Wolken.

Die Straße führt von Osten auf das Gelände. Der Wagen fährt auf den verlassenen, allein am P erkennbaren Parkplatz. Als R. aussteigt, das wunderbare Gefühl, die Beine wieder benutzen zu dürfen. Das zu imaginierende Tor, durch das er die Stadt betritt, führte einst nach Mascula hinaus, der nächstgelegenen Garnison. Er befindet sich nun im antiken Innenstadtbezirk und läuft auf den Triumphbogen des Trajan am anderen Ende der Straße zu. Decumanus maximus. Von Ost nach West. Dieselben Straßennamen im ganzen kolonisierten Weltreich. Dürfte leicht gewesen sein, sich sofort wieder zurechtzufinden, gleich wohin man versetzt wurde.

Beim Übertreten der Schwelle in den antiken Stadtkern meint er einen Druck verspürt zu haben, wie bei einem plötzlich haltenden Zug. Etwas davon hat sich in den Stirnhöhlen festgesetzt. Schwellenschmerz. Übertretungswehe. Rechts, wie er ganz genau weiß, sind die Thermen, und daß er das weiß, ohne zu wissen woher, flößt ihm ein lang nicht mehr verspürtes Gefühl der Stärke ein, als verfüge er über magische Kräfte. Er wandelt über die riesigen, zu länglichen Rechtecken geschnittenen Pflastersteine. Sie sind glatt und sauber wie Kiesel in einem Fluß. Nach zweihundert Metern liegt links das Forum, aber es ist kein Forum jetzt, nur eine leere, gepflasterte Fläche. Etwas lenkt ihn von seinem eigentlichen Ziel ab und zieht ihn zum Forum hin. Eine Art Geruch, aber es ist keiner, die Luft ist wunderbar klar und rein und warm in der Mittagswintersonne. Da steht er vor den Latrinen. Vierundzwanzig öffentliche Sitze, durch Armlehnen aus Stein in Form von Delphinen voneinander abgetrennt. Sieht aus wie ein Wartesaal. Eine richtige öffentliche Scheißkultur gab es damals, denkt er. Wahrscheinlich Verabredungen zum gemeinsamen Scheißen getroffen, die ausgemusterten Legionäre, und sich gegenseitig nach den Hämorrhoiden gefragt.

Theater und Forum kehrt er den Rücken zu, geht langsam den Cardo maximus hinauf, die Nord-Süd-Fahrt. Ropp un raff un dann de Altstadt krüzz un quer. Friedaach hammer, endlich! BAP. Cardo: Angel, Weltachse, Pol. Das Theater läßt er rechts liegen, den Trajanusbogen, das einzige vollständig erhaltene Monument, links. Er weiß, wo er hinwill, aber erst, wenn er dort ist, wird er wissen, weshalb. Rechts entziffert er im Vorübergehen:

EXLIBERALITA...
GATIANICMVQV...
COLONIAETHAM...
GAVITOPVSBIBLIO...
CVRANTEREPVBLIC...

Das rechte Drittel der Steinplatte mit der Widmungsinschrift fehlt. 400 000 Sesterzen, wird er später nachlesen, hat Senator M. Julius Quintianus Flavius Rogatianus aus Thamugadi für den Bau der großen Bibliothek in seiner Heimatstadt testamentarisch hinterlassen. Zum Lohn dafür kennt er, R., heute noch seinen Namen. 400 000 Sesterzen kostete einen ansonsten vergessenen Römer diese vorläufige Ewigkeit. Er läuft an der Bibliothek vorüber, und fünf Minuten später verläßt er den Cardo an seinem nördlichen Ende.

Er befindet sich vor dem Eingang der Villa, in der das Museum untergebracht ist. Die Wächter haben Urlaub oder sind vor den Terroristen geflohen, die Tür steht offen. Ohne einen Moment zu stutzen (ist das nicht alles überaus unlogisch?), tritt er ein. Die Vasen, die kennt er schon. Und hier, natürlich, die Kapitelle. Er geht weiter zu den Mosaiken. Wieder scheint er den Weg zu kennen. Etwas wird dort sein, und er wird es gesucht haben, doch bis er davorsteht und es sieht, ahnt er nicht, was es ist und was es ihm sagen will.

Dann steht er genau davor und weiß, daß es das ist, dies hat er gesucht. Aber was soll das bedeuten? Der Rest eines Mosaiks, ein kleiner Ausschnitt nur. Die Karikatur eines Negers, nackt. Deutlich zu erkennen, dank der geschickten, schachbrettartigen Mischung schwarzer und rötlicher Mosaiksteine, das krause Haar dieses Schwarzen, ferner die breite Nase und die dicken Lippen. Mit der rechten Hand trägt er eine Kohlenschaufel über der Schulter, mit der linken hält er seinen erigierten, überproportional großen Penis, aus dem ein zu Boden reichender, durch eine dunklere Mosaiksteinreihe dargestellter Strahl tritt. Urin oder Sperma, schwer zu deuten. R. gerät in Verlegenheit vor sich selbst: Weshalb hat er ausgerechnet das gesucht? Ist dies das Ziel oder eher ein Zeichen für etwas anderes?

Da vernimmt er eine Stimme schräg hinter sich. Er dreht sich nicht um und erschrickt auch nicht. Es scheint ihm natürlich, daß diese Stimme jetzt da ist, sie gehört zu diesem Mosaik, zum Museum. Solange er sich nicht umdreht, um zu sehen, wer zu ihm spricht, kann er glauben, es sei einer der Wächter oder ein Museumsführer. Er zieht es daher vor, sich nicht umzudrehen. Dieser Schwarze, sagt die Stimme, stelle einen Sklaven dar, der als Diener in den Thermen gearbeitet habe. Die Kohlenschaufel – man beachte, wie geschickt mit weißen, roten und schwarzen Steinen die Glut in der Schaufel dargestellt ist – zeige an, daß er für das Beheizen der Thermen zuständig war. Die Erektion sei nicht obszön gemeint (muß sie aber nicht *auch* so verstanden worden sein? will R. einwerfen, aber ihm versagt die Sprache) und keineswegs als Hinweis auf ein sündiges Treiben in den Thermen zu deuten. Sie habe rein apotropäische Funktion, Unglück und böse Geister sollen dadurch ferngehalten werden.

Ob ihm, R., das hilft, um zu verstehen, warum er hier ist? Er muß genauer hinschauen, vielleicht hat er etwas übersehen, was ihn auf die richtige Spur, den fehlenden Gedanken, die zündende Assoziation führt. Sollen die von den schwarzen Mosaiksteinchen gebildeten Streifen, die über den Körper des Sklaven laufen, nur Konturen oder Verschattungen andeuten? Oder handelt es sich um Bemalungen und Schmucknarben, aus Narben gebildete Tätowierungen, wie sie bei einigen afrikanischen Völkern üblich sind? R. hat solche Tätowierungen in einer Fotoserie über die Nuba gesehen. Die Nuba leben im Sudan, dessen Hauptexportgüter Gold und Sklaven waren. Alle großen Dynastien in Andalusien und Nordafrika verdienten daran, die Omayyaden, die Almoraviden, die Almohaden und die Meriniden, die Beherrscher von Fes.

Riefenstahl. Er ist jetzt gar nicht mehr im Museum. Der Gedanke an die Schmucknarben hat ihn vom apotropäischen Neger befreit, von Thamugadi befreit, von Tiaret und den endlosen Fahrten durch das algerische Hinterland mit seinen Betonburgen und Straßensperren. Statt dessen sieht er sich in seiner Bibliothek bei Riefenstahl über die Nuba nachblättern und mit größtem, auch ihm in diesem Moment obszön vorkommenden Interesse die Schmucknarben studieren. Sofort fällt ihm auf, daß sich die schmückenden Vernarbungen allein auf Frauenkörpern finden, während die Männer weiß bemalt sind, Kriegsbemalung, unheimlich und bedrohlich. Die Narben der Frauen sehen aus wie Felder von ebenmäßig angeordneten Pocken, Pickeln oder Warzen, kleine Beulen aus Haut. Das Werkzeug zum Anbringen dieser Tätowierungen, schreibt Riefenstahl, »besteht aus einem flachen, scharfen Messer und aus mehreren Dornenzweigen. Die Haut wird mit dem Dorn hochgezogen, dann mit dem Messer ein Einschnitt gemacht.« Damit die Narben plastischer werden, lernt er, reibt man sie mit einer Mischung aus Mehl und Kräuterextrakten ein, die auch vor Infektionen schützen soll. In einer ganzen Serie von Bildern ist dieser Vorgang ausführlich dargestellt und gut zu studieren. Das »Messer« ist ein fingergroßer Schaber mit einem flachen, scharfen Ende, der Dorn dagegen sehr dick und lang, fast ein kleiner Zweig. Es sieht aus, als wolle man die Haut mit einem unsinnig groben Gerät nähen. Tatsächlich ist der einzige bunte Fleck auf diesen ansonsten wie in Sepia gehaltenen Aufnahmen das überraschend helle rote Blut, das der tätowierten Frau in vielen Rinnsalen aus dem malträtierten, bereits von regelmäßigen Pocken übersäten Hinterteil die Innenseiten der Schenkel hinabfließt. Die einzigen anderen Farben auf den Fotos sind das Dunkelbraun der Haut und das helle Graubraun der Erde und des Felsblocks im Hintergrund. »Bei dieser Operation«, erläutert Riefenstahl, »verlieren die Frauen sehr viel Blut, und manchmal werden sie hierbei ohnmächtig. Wenn sie aber diese schwerste Tätowierung überstanden haben, folgt die Belohnung. Durch die neuen Muster, die ihren Körper schmücken, wirken sie nun auf die Nubamänner sehr attraktiv, und sie werden zu den begehrtesten Frauen ihres Dorfes gehören.«

Seine Aufgabe, begreift R., besteht darin, dieses Phänomen für sich zu deuten, zu werten und in ein Verhältnis zu sich zu setzen. Kaum hat er das verstanden, fällt ihm auf, daß sich sein Begriff von dem, was er schön findet, bei der intensiven Betrachtung der Fotos bereits geändert hat. Er empfindet die Pokken, wenn er sie so betrachtet, nicht mehr selbstverständlich als häßlich oder verstörend. Das erst recht, wenn der ganze Körper damit bedeckt ist, wie in dem Bild, wo das Blut fließt und man das Mädchen, während es sich selbst zum Betrachter umdreht, von hinten sieht. Rücken und Po sehen keineswegs pockennarbig aus, sondern wie von einer heftigen Gänsehaut überzogen. Was vorher bloß glatt und konturlos war, hat jetzt eine sich jedem Betrachter aufdrängende, damit die Aufmerksamkeit erregende Struktur.

Der Druck in seinem Kopf, seit er die Schwelle zum Stadtgebiet des alten Timgad übertreten hat, ist immer stärker geworden, ein Schmerz, der seine ganze Stirn überzieht. Endlich weckt ihn dieser Schmerz auf. Er liegt in einem Hotelzimmer, nur wo? Es könnte überall auf dem Erdball sein. Er kramt in seinen Identitäten und biographischen Epochen, in welcher hat er sich unlängst befunden? Dort müßte er nach wie vor sein, wenn alles mit rechten Dingen zugeht, und das tut es in dieser Welt, das hat er gelernt. Fes kommt ihm in den Sinn, dort blieben sie nicht über Nacht. Er denkt an Rabat, die Tage dort mit den Dichtern und Denkern, den Abend, die Nacht mit Carima. Auch das ist gewesen, echte Vergangenheit. Von Rabat, das war sein Vorhaben, weiter nach Marrakesch. Wenn alles nach Plan ging, ist er dort drei Stunden zuvor mit dem Zug eingetroffen. Nach einer kurzen, jedoch arg überteuerten Taxifahrt vom Bahnhof zum Hotel hat er sein Zimmer bezogen, sich sofort geduscht, dann aufs Bett geworfen, um ein wenig zu lesen und vielleicht die Mittagshitze mit einem Schläfchen zu überbrücken. Danach hat er sich zu einem ersten, seit langem ersehnten Gang in die Souks aufmachen wollen.

Obwohl der Bahnhof nur einen Häuserblock entfernt liegt und ihm die Gegend vertraut sein müßte, da er zwanzig Jahre zuvor in unmittelbarer Nähe des Bahnhofs in einer Jugendherberge abgestiegen war, glaubte er während der Taxifahrt, in eine Stadt gekommen zu sein, die er nie zuvor betreten hatte. Lediglich der Bahnhof selbst war wiederzuerkennen gewesen, es handelt sich unzweifelhaft um dasselbe Gebäude, ein Kopfbahnhof. Er markiert den südlichsten Punkt der marokkanischen Eisenbahnen, ja des gesamten europäischen Eisenbahnnetzes, wie es von den Spaniern und Franzosen in das von ihnen verwaltete Marokko verlängert worden war.

Allein dieser Anbindung des marokkanischen an das europäische Schienennetz verdankten sich sein Aufenthalt in Marokko zwanzig Jahre zuvor und alles, was daraus gefolgt ist bis zu seinem Erwachen in diesem Hotelzimmer jetzt. Die Erweiterung des europäischen Schienennetzes nach Afrika war für die ihn als Jugendlichen zutiefst erregende Tatsache verantwortlich, daß er mit dem für vierhundert D-Mark erstandenen Interrail-Ticket nicht nur überall in Europa einen Monat lang die Eisenbahnen benutzen durfte, sondern zudem auf eine damals, vor den sogenannten Billigflügen, unvorstellbar günstige Weise in die Lage versetzt wurde, bis nach Afrika, bis in die südlichste Großstadt Marokkos, bis ins mythenumrankte Marrakesch zu gelangen. Was hätte nähergelegen als dieses, das fernste Ziel? Nicht dorthin zu fahren hätte bedeutet, einen Hauptgewinn gegen den Trostpreis auszuschlagen. Deshalb hatte er zwanzig Jahre zuvor auch keinen Abstecher nach Fes gemacht und diese Stadt er jetzt auf dem Ausflug mit der Gruppe kennengelernt. Fes hatte für ihn bloß am Weg gelegen und das Erreichen des eigentlichen und fernsten Ziels nur verzögert.

Der Marrakescher Bahnhof aber, den er seiner Erinnerung entsprechend am Stadtrand erwartet hat, befindet sich mitten in der Stadt in einem offenbar florierenden, mit mehreren Wohnblöcken durchsetzten Gewerbegebiet, in direkter Nachbarschaft des vor zwanzig Jahren unsichtbaren, weil an dieser Stelle inexistenten Marrakescher Elektrizitätswerks. Und die Schienen führen, bevor sie am Bahnhof enden, nicht durch Palmengürtel, Obstplantagen, Bewässerungskanäle und Müllhalden, sondern weithin an Häusern und Siedlungen vorbei, manche davon so neu wie Musterhäuser, mit unbestellten Gärten und verschlossenen Läden. Neben dem Bahnhof gibt es ein modernes Hotel, ein Schnellrestaurant und einen recht weitläufigen Platz für Taxis und Busse. Er hätte, als er dort ankam, die Hand dafür ins Feuer gelegt, daß es diesen Platz vor zwanzig Jahren nicht gegeben hatte und daß die Straße damals direkt am Bahnhof vorbeiführte und nicht so breit gewesen war. Ja, würden die Gleise nicht genau hier enden, so daß sich der Bahnhof zwangsläufig an dieser Stelle befunden haben muß, er würde vermuten, Marrakesch habe einen neuen Bahnanschluß bekommen.

Es dauert, bis die wirren Bilder, die er aus dem unerwarteten Tiefschlaf mitgebracht hat, ins Stadium der Zersetzung übergegangen sind. Geblieben sind nur der Kopfschmerz und ein seltsamer Geschmack auf der Seele, ein Konglomerat von Befürchtung und Erwartung, Verrätselung und Erkenntnis. Endlich rafft er sich auf, macht sich zurecht und tritt vors Hotel. Das Hotel liegt an einer breiten Ausfallstraße nahe bei einer verkehrsreichen Kreuzung. In seinem zwanzig Jahre alten Reiseführer findet er das Viertel nicht, sei es, weil es damals noch nicht existierte, weil es zu weit außerhalb liegt oder lag oder weil es für Touristen als nicht sehenswert erachtet wurde. Die Kreuzung, ja die gesamte Gegend ist jedoch, wie er in den nächsten Tagen feststellen wird, überaus sehenswert; viele Stunden wird er draußen an den Tischen eines der Cafés an den vier Straßenecken der Kreuzung verbringen, das Treiben beobachten, die so unterschiedlichen Gesichter, die vielen schönen, sich überraschend freizügig gebenden jungen Frauen.

Statt einfach loszulaufen, beschließt er, sich zunächst einen Stadtplan zu besorgen. An der Rezeption, wo er danach fragt, hat man keine Stadtpläne, verweist ihn an eine Buchhandlung in einer Querstraße, bei der Kreuzung links rein. R. folgt der Wegbeschreibung und weiß nicht, ob er nach einem Schreibwarenladen oder einer echten Buchhandlung Ausschau halten soll. Denn das arabische Wort für Buchhandlung, *maktaba,* steht auch über Schweibwarenläden, und wie oft hat ihn das zur Verzweiflung getrieben, von so vielen *maktaba*-Schildern hat er sich täuschen lassen, in der Regel ist es unmöglich, von außen zu erkennen, womit man es wirklich zu tun hat, und die weitaus meisten der Geschäfte, die sich großspurig *maktaba* nennen, sind natürlich keine Buchhandlungen, sondern Schreibwarenläden und Copy-Shops.

Zunächst stößt er auf einen hervorragend ausgestatteten Zeitungsstand, wo er zu seiner nicht geringen Verwunderung die Überschriften aller wichtigen deutschen Gazetten noch am Tag ihres Erscheinens und Gültigseins in Ruhe studieren kann. Doch weder eine Buchhandlung noch ein Schreibwarenladen sind in Sicht. Von der Kreuzung mit dem kleinen, nie besetzten Podest für einen Verkehrspolizisten in der Mitte biegt er in die breite Querstraße ein, die zum Bahnhof führt. Restaurants, Bars, ein schwarzer, vergitterter Eingang mit der Aufschrift *Knight-Club,* Banken mit Geldautomaten für alle gängigen Karten, eine Autowerkstatt, Büros.

Da sieht er, eingeklemmt zwischen einer Bank und der Autowerkstatt, eine Rampe, die in ein Untergeschoß führt wie in eine Tiefgarage. An den Seitenwänden die Rampe hinab hängen großformatige Bildkalender, und als er aufblickt, um nach einer Bezeichnung für diesen Laden zu suchen, steht da nicht das verdächtige arabische Wort für Buchhandlung, sondern das für Buchmesse, *Ma'rad al-Kitab,* und daneben, etwas bescheidener: *Exposition permanente des livres.* Solche Büchertiefgaragen kennt er aus Beirut.

Gespannt tritt er ein. Tatsächlich hat das Geschäft den Charme einer Tiefgarage – aber auch deren Ausmaße, wenngleich nur auf einem Stockwerk. Schon in Rabat ist ihm eine Vielzahl ungewöhnlich guter, echter Buchhandlungen aufgefallen. Aber alle befanden sich im Stadtzentrum, und es war die Hauptstadt. Hier steht R. in einer zufälligen Vorstadt, einem Neubaugebiet. In dieser Halle, stellt er fest, als er unten ankommt, ist so viel Platz, daß die Bücher nicht in Regalen stehen, sondern in niedrigen Auslagen wie auf Wohnzimmertischen hingebreitet, ausnahmslos. Für die billigen, herabgesetzten, ausgesonderten Bücher gibt es kleine Container, in denen alles wild durcheinanderliegt, alle Arten Literatur in den unterschiedlichen Sprachen. Unmöglich, das Angebot mit einem Mal zu überblicken, doch seine Erfahrung sagt ihm sofort, daß es sich lohnt, wiederzukommen und genauer zu suchen. Vorläufig will er nur einen Blick hineinwerfen.

In Fes hat er sich vorgenommen, nach Möglichkeit ein bestimmtes Werk zu erstehen, auch wenn er sich kaum Hoffnungen macht, es tatsächlich zu finden. Bestellen kann man die Bücher, wie er weiß, in den seltensten Fällen. Doch in jeder echten Buchhandlung, sogar in manchen der Schreibwarenläden, ist mit Klassikern und mit religiösen Titeln zu rechnen. Die verkaufen sich immer, Korane, Koranexegesen und kanonische Sammlungen mit den Aussprüchen des Propheten, welche eine Hauptquelle des islamischen Rechts bilden und deren Authentizität, Nassib spielte im Streit mit Hammerkohl darauf an, in der westlichen Forschung so umstritten ist. Auch Volksausgaben von bekannten Dichtern findet man häufig, die vorislamischen, obwohl sie nur der Spezialist versteht, sind besonders beliebt. Bei den Sufis aber, die den Strenggläubigen verdächtig sind, dünnt sich das Angebot aus. Wenn man daher, wie es R. öfter geschehen ist, nach einem sehr bestimmten Buch sucht, einem zumal, das allzu gängig nicht sein kann, muß man sich auf sein Glück verlassen oder ein in vielen Jahren antrainiertes Gespür, in welcher *maktaba* und in welcher Ecke darin zu suchen sich lohnt.

Das Buch, auf das er es abgesehen hat, stellt er sich als Talisman oder als Souvenir vor – er hatte sich in Fes weder einen Teppich gekauft noch ein Tuch, wie sonst die Herren in seiner Reisegruppe für ihre Frauen, auch keine Pantoffeln aus frischem Leder, kein zierliches Kästchen, kein Schwert, keine Wasserpfeife. Da er nicht genau weiß, was in diesem Buch steht, enthält es für ihn ein um so größeres Versprechen; und zugleich ein Rätsel, welches, gelänge es ihm, es zu lösen, eine nachträgliche Gebrauchsanweisung für den Besuch in Fes wäre, ein spiritueller Stadtplan sozusagen, ein Erklärungsmodell, eine Interpretationshilfe, das entscheidende, bislang fehlende Element zur Entschlüsselung dieses Tags, dieser Stadt, des Erlebten. Womöglich würde es ihm sogar als ein Vademecum für Marrakesch dienen. Und doch kennt er von dem tatsächlichen Buch nur den Titel und das, was Nassib in Fes davon erzählt hatte.

Lang wie eine Karawane schleppte sich die Gruppe durch die Schlankheit der Feser Gassen. Obwohl sie vor kaum zwei Stunden angekommen waren, keuchten und schwitzten schon alle. »Gipfeltüpfel!« rief plötzlich Grober aus, der notorische Witzbold der Gruppe, »die Sonne steht am Gipfeltüpfel.« Einen Moment lang glaubte R., Grober habe heimlich getrunken; aber es war wohl ein Sonnenstich. Auf die besorgte Nachfrage von Nassib erläuterte R. ihm leise, Grober sei nur das alte deutsche Wort für Zenit wieder eingefallen.

Das genügte. Nassib ließ sich diese Gelegenheit nicht entgehen, Grober zu erklären, daß Zenit ein arabisches Wort sei, beziehungsweise aus dem Arabischen stamme und mit den üblichen Verballhornungen in der auch den Gästen geläufigen Form in den europäischen Sprachen wieder auftauche. Nein, nein, sagte Grober, das Wort sei aus dem Italienischen ins Deutsche gekommen, kein Zweifel. Es könne ja sein, erwiderte Nassib, daß die Deutschen es von den Italienern hätten, die Italiener jedenfalls, und damit dann auch die Deutschen, hätten es von den Arabern. Und wenn, so daraufhin Grober, er es schon bei Dante gelesen hätte?

– Gerade dann, sagte Nassib, gerade dann. Wissen Sie

nicht, daß Dante, sosehr er die Muslime verdammt hat, sich schamlos von ihnen inspirieren ließ? Die Idee einer Jenseitsreise, die sich in Stufen vollzieht, ist nicht abendländisch antiken, sondern orientalischen Ursprungs. Wir finden sie in volkstümlichen Legenden, im berühmten, zu Dantes Lebzeiten weithin bekannten *Libro della scala,* dem Buch der legendären, am Anfang der siebzehnten Sure des Korans nur angedeuteten, von den Korankommentatoren gleichwohl in allen Details ausgemalten Himmelsreise Mohammeds, sowie bei den Mystikern, am schönsten bei Ibn Arabi. Monsieur Grober, lesen Sie *La Escatología musulmana en la Divina Comedia,* erschienen 1943 in Granada, und Sie werden mir recht geben. Sie können doch Spanisch? Apropos Ibn Arabi: Er wurde 1165, genau hundert Jahre vor Dante, geboren – im selben Jahr übrigens, in dem Moses Maimonides Fes verlassen mußte. Aus Andalusien war seine Familie dorthin vor den Almohaden geflüchtet, welche dann auch in Fes wüteten und die Juden ein weiteres Mal vertrieben. Als Ibn Arabi das Buch über seine eigene, in der mystischen Ekstase geschaute Himmelsreise schrieb, lebte er hier in Fes. Wenn wir einen kleinen Umweg machen, werden wir an der Moschee vorbeikommen, die ihm damals zur Herberge diente, allons-y!

Der Umweg wurde gemacht. Schulter an Schulter standen die Häuser, die Blicke wurden eng geführt, eingezwängt zwischen empörend schmucklosen Außenmauern, als sollten sie abgestoßen werden von diesem weiß verputzten Affront. Aber sie hatten bereits gelernt, daß man hier vom Außen aufs Innen nicht schließen durfte, hatten die ersten Gärten, Prunkhöfe und Privatpaläste gesehen, die sich hinter den unscheinbaren Mauern verbergen. Von den Straßen aus erblickte man stets nur die nächste Wand, es ging um eine weitere Ecke, und das Ergebnis war wieder dasselbe. In diesem Labyrinth folgten sie Nassib wie eine Schar Blinder. Eine Biegung und noch eine, sie liefen ein S und als nächstes ein §. Oder war es eine andere Bogenform, die des Buchstabens Sad ص im arabischen Alphabet? Enigma.

Nassib blieb stehen und rief zum Halt. Ein gitterartiges System schwerer Balken aus hellem, dickem Holz war über ihren Köpfen zwischen die Mauern geschlagen. Neben einer sorgfältig restaurierten, mit geschnitzten Arabesken versehenen Ziertür schauten sie durch eine niedergerissene Wand auf eine Baustelle. Eine Moschee wurde restauriert. Diese Mauer, sagte Nassib, war vor ein paar Jahren eingestürzt und hatte zehn Menschen unter sich begraben, zwei Nachbarhäuser sind seither instabil und gefährden die Moschee. Endlich werde der Gebäudekomplex instand gesetzt. Das Minarett der Moschee war schon erneuert worden. Der helle, frisch gereinigte Stein, Sandstein vermutlich, tat dem Auge wohl, so sauber und gepflegt sah er aus. Das Minarett war sechseckig und stach ihnen, nach all den viereckigen, die sie gesehen hatten, sofort als schöne Variation in die Augen. Durch die Balken, die den freien Blick auf den Turm in Rauten, Dreiecke und andere geometrische Formen aufteilten, wirkte es entrückt, enthoben, schwebend, nicht wie auf der Erde stehend. Tatsächlich stand es nicht auf der Erde, sondern war zwischen zwei Häusern über die Gasse gebaut, und als sie weitergingen, schritten sie durch einen Tunnel unter dem Minarett hindurch.

In dieser Moschee, nach dem umliegenden Viertel Ain al-

Khail genannt, sagte Nassib, in dieser recht kleinen und unspektakulären, um so sehenswerteren Moschee habe Ibn Arabi, der aus Murcia in Andalusien stammende Sufi-Meister, während seines Aufenthaltes in Fes im Jahre 1197, seines von den Ibn Arabi-Schülern und Ibn Arabi-Gelehrten als einschneidend betrachteten Aufenthalts, die Inspiration zur berühmten Schrift über seine mystische Himmelsreise erhalten. Wenn wir ihm glauben, hat er diese Reise in einem ekstatischen Moment eben hier tatsächlich erlebt und dann den Bericht darüber in kunstvoller, mit Gedichten durchsetzter Reimprosa in wenigen Wochen niedergeschrieben. In genau diesem Raum, wo jetzt der Schutt liegt, habe er damals gewohnt.

– Und wenn du, wandte er sich überraschend an R. und nur an ihn, wenn du das nächste Mal kommst und die Moschee instand gesetzt ist, werden wir uns in Ruhe den Raum anschauen, in dem er gewohnt und geschrieben hat. Die Kürze der Schrift, kaum fünfzig Seiten in den modernen Sammelausgaben von Ibn Arabis kleinen Schriften, soll nicht täuschen, sagte Nassib, sie ist eines der schönsten und wichtigsten Werke seiner frühen Schaffensphase, bevor er zur Pilgerfahrt in den Osten der arabischen Welt aufbrach und nie mehr nach Nordafrika zurückkehrte. Freilich, fügte er hinzu, ist es für heutige Leser fast unverständlich, nicht sprachlich, sondern in seiner für uns nicht mehr nachvollziehbaren mystischen Dimension. Dennoch, selbst wenn wir nur die Hälfte verstehen, ist es das größte Vergnügen, das Werk zu lesen, es ist ein Feuerwerk an Geist und Poesie. Dann nannte er den Titel in der bei den alten arabischen Werken üblichen Reimprosa: *Kitab al-Isra ila Maqam al-Asra.*

Ohne im entferntesten ein Kenner der islamischen Mystik zu sein, hatte sich R., seit er die Universität verlassen hatte, ein Vergnügen daraus gemacht, Literatur von und über Ibn Arabi zu sammeln. Während seines Studiums an der Göttinger Hochschule war er von einem der dort lehrenden, weltfremden Professoren gefragt worden, ob er über den Scheich al-Akbar, den größten Meister, wie er genannt wurde (und die französischen Orientalisten, die mit Ibn Arabi mehr anzufangen wußten als die Deutschen, haben die französische Sprache um das wunderbare Adjektiv *akbarien* bereichert), nicht eine Dissertation schreiben wolle. R. war schon damals so weise, dieses für einen Studenten im 6. Semester nicht unschmeichelhafte Angebot nach kurzer Bedenkzeit als lebensgefährliche Falle zu begreifen und auszuschlagen. Hätte er es angenommen, er hätte vermutlich nie etwas anderes gemacht, als zeit seines Lebens über Ibn Arabi zu forschen; und doch nie das Gefühl bekommen, er verstünde, womit er sich da beschäftige. Vielleicht hätte er tatsächlich eine Dissertation geschrieben und irgendwann, viel später als geplant, abgegeben; aber er wäre sich dabei vorgekommen wie ein Tauber, der über Musik forscht – das Ungenügende seiner Mittel stets fühlend und immer argwöhnend, das Entscheidende nicht zu verstehen, so klug er sich darüber auch würde äußern können.

Um so aufmerksamer hatte er hingehört, als sie in Fes auf die Spuren Ibn Arabis stießen. R. wußte zwar, daß Ibn Arabi eine Zeitlang dort gelebt hatte, aber er hätte nicht erwartet, daß sie die Stätte seines Wirkens besuchen würden, ja daß eine solche überhaupt zu besichtigen wäre. Und da er das Buch, das Ibn Arabi dort verfaßt hatte, noch nicht besaß, begriff er Nassibs Ausführungen zur Ibn-Arabi-Moschee als Auftrag, sich das Werk zu besorgen, so wenig wahrscheinlich es war, daß er es tatsächlich fände. Wäre es ein in den besseren Buchhandlungen greifbares Buch, er besäße es längst. Überdies war er sich nicht einmal sicher, daß es unter dem von Nassib genannten Titel zu finden war, denn die kleineren Werke Ibn Arabis wurden oft nicht separat verlegt, sondern in willkürlichen Sammlungen zusammengefaßt.

Auf sein erstes Buch von Ibn Arabi stieß R. 1991 in einer französischen Buchhandlung in Damaskus, und er erstand es allein um des geheimnisvollen Titels willen: *Le livre de l'extinction dans la contemplation – Das Buch der Auslöschung in der Kontemplation.* Darin erklärt Ibn Arabi die Koran-Interpreten und Theologen zu Ungläubigen, weil sie das, was im Koran steht, nicht einfach so glauben und hinnehmen, wie es dasteht, sondern nur, wenn sie es mit ihren speziellen Kenntnissen und Methoden abgeglichen und in Übereinstimmung gebracht haben. Einmal, so rundet Ibn Arabi seine Erörterungen mit einer Anekdote ab, habe einer dieser Gelehrten dem Vortrag eines Sufischeichs beigewohnt. Als er dessen Argumentation nicht vernünftig nachvollziehen konnte, habe er um Aufklärung gebeten, worauf der Scheich sich ungebührlich behandelt fühlte und schwieg. Reagiere man auf solch eine Zumutung, verflüchtige sich augenblicklich der Segen, erklärt Ibn Arabi das Verhalten des Sufis. So habe zum Beispiel der Prophet gesprochen: »Einmal ließ mich Gott die Nacht des Schicksals sehen. Genau in dem Moment begannen zwei Leute neben mir, sich zu streiten. Da verflüchtigte sich die Nacht.« An der Stelle des Scheichs habe einer seiner Schüler das Wort ergriffen: »Was unser Meister gesagt hat, ist völlig richtig und einleuchtend, obwohl ich es selbst nicht erklären kann.« Der Rationalist darauf: »Was richtig ist, kann man auch verstehen und vermitteln. Was aber der Logik widerspricht und nicht beweisbar ist, muß falsch sein.« Der Scheich habe darauf gar nichts gesagt. Für ihn, so schließt Ibn Arabi seinen Bericht, sei dies eine Lehre gewesen, und er habe erkannt, daß man sich mit solchen Leuten gar nicht erst auf ein Gespräch einlassen solle.

Seit R. die Stelle kennt, fragt er sich, wer von beiden wohl recht hat. Eigentlich, würde er sagen, der Rationalist. Aber vielleicht ist dieser – und R. mit ihm – nur mit Taubheit geschlagen, und sie beide hören nicht die Musik, von der der Scheich und sein Schüler schwärmen. Dann wäre es unmöglich, die Mystiker zu verstehen, und doch wären sie im Recht – ein unangenehmer Gedanke, denn jede Verständigung oder Vermittlung wäre damit ausgeschlossen.

R. hat jedoch die Hoffnung nicht aufgegeben, daß es eine dritte Möglichkeit gibt. Wenn man beim Vergleich mit der Musik bleibt: Es ist doch vorstellbar, daß der eine das, was der andere als Sphärenklang empfindet, als bloßen Lärm, als störendes Hintergrundgeräusch begreift, welches er tunlichst verdrängt und dessen Gesetze ihm selbst bei größtem Bemühen nicht einleuchten wollen, weil er nicht begabt dafür ist oder weil es ihm nicht richtig beigebracht wurde. Wenn die Verdrängung lange genug praktiziert wird, über viele Generationen womöglich, werden wir diese Geräusche am Ende wirklich nicht wahrnehmen, ja ihre Existenz schlechthin leugnen.

Ein wenig ist es wie mit den Narben, die für andere ein Schmuck sind und für uns nur Entstellung. Oder wie mit dem

Traum, von dem R. in seinem Hotelzimmer heimgesucht worden ist und dessen Geschmack ihm noch auf der Zunge der Seele liegt. Natürlich könnte er ihn verdrängen; er könnte jedoch ebenso etwas daraus machen, ihn aufschreiben, weiterdichten, für sich zu deuten versuchen. Und vielleicht zu der Einsicht gelangen, daß er den Tauben noch zugehöre, daß die Taubheit jedoch keine körperliche Ursache hat, sondern eine psychische; daß sie anerzogen ist.

In einem solchen Fall ist nicht klar, welcher Zustand der des Defekts ist und warum es zwischen dem partout Zuwenig-, partout Zuviel-Hören nicht auch einen Mittelweg gebe oder nicht auch das bewußte Hin- und Herschalten möglich sei, je nach Bedarf, zwischen den beiden Weisen des Erkennens, der mystischen, intuitiven, und der rationalen, sprachlich vermittelbaren.

Wenn er, ahnt R. beim ersten Blick in dieses Bücherlager, das Buch, das Nassib erwähnte, in Marrakesch finden wird, dann hier und wahrscheinlich nur hier. Die Kalender mit den pittoresken marokkanischen Motiven, von denen er am Eingang links begrüßt worden ist, hängen für Touristen und Franzosen, Schweizer, Deutsche, Engländer aus, die in Marrakesch, lernt er in den folgenden Tagen, ein zweites, schönes, freieres Leben führen. Am Eingang rechts befinden sich die Korane, große und kleine, riesige und miniaturisierte, so klein, daß sie nur mit der Lupe lesbar sind oder als Amulett taugen, ähnlich den Nano-Koranen, die sich reiche Saudis, wie er vor kurzem im Wissenschaftsteil einer arabischen Zeitung gelesen hat, auf ihre Herzschrittmacher gravieren lassen. Obschon kein Auge dieser

Welt sie entziffern kann: Herz und Allah wissen darum und zittern vor Freude.

Direkt daneben entdeckt er die neuerdings von sich reden machenden, gebrauchsfertig konfigurierten MP3-Korane (über die Frage, ob man von einer Koranrezitation eine datenreduzierte Version anfertigen darf, streiten sich Theologen neuerdings heftig), mit deren Stöpseln im Ohr er die ersten Bärtigen in Rabat schon herumlaufen sah, und der schönste und kleinste von ihnen, klein wie eine Armbanduhr, ist der original iPodCoran von Apple, worauf Platz ist für exakt eine komplette Koranrezitation. Von allen circa drei Dutzend Interpretationen, die auf der arabischsprachigen Apple-Website für je zwei US-Dollar heruntergeladen werden können, darf der Interessent jeweils die Eröffnungssure und die Verse 1–18 der dreiundfünfzigsten Sure, *Der Stern,* als Hörprobe downloaden:

Beim sinkenden Stern!
Der Erwählte irrt nicht
Und wird nicht betrogen
Er spricht nicht nach Laune
Sondern was offenbart
Das, was der Allmächtige lehrt.
Hoch am Horizont ward er sichtbar
Kam herab, rückte näher
Immer näher und näher
So empfing er die Offenbarung
Das Auge des Herzens lügt nicht
Oder will das jemand bestreiten?

Ein zweites Mal sah er ihn kommen
Zum Lotosbaum an der Grenze
Beim Garten, wo er sich birgt
Der Baum war ganz wie verhüllt
Und er blickte darauf wie gebannt
Hat die herrlichsten Zeichen gesehen.

An die nasalierenden Stimmen der Rezitatoren muß sich der abendländische Hörer gewöhnen. Es klingt, als würden Tonbänder ein wenig zu schnell abgespielt oder als habe eine Krankheit die Stimmen befallen. Aber da alle Koranleser so vortragen, kommt man nicht umhin, Absicht dahinter zu vermuten, Stil. Es ist weder gesungen noch gesprochen, eine Verwendung der Sprache, die wir nicht kennen. Gleichmäßig säuselt die Koranrezitation vor sich hin, und die entscheidenden Modulationen verraten sich nur dem Kenner. Was R. stets daran fasziniert hat, ist die Vorstellung, dabei heute noch hören zu können, wie der Koran schon vor mehr als 1400 Jahren rezitiert wurde. Falls dies zutrifft, hätte das menschliche Gedächtnis als Tonband gewirkt, wie es vielleicht nur bei heiligen, als unantastbar geltenden Texten möglich ist. Und der Beweis für die Echtheit und das Alter ist, daß nichts aus unserer Welt je in diese Töne hineingedrungen ist und folglich auch nichts von dort zu uns wieder hinausklingt.

Neben den MP3-Koranen findet er weitere Spielarten der Koran-Vermarktung: Das Heilige Buch auf Hörkassetten, in Plastikköfferchen gesammelt, mit jeweils allen erlaubten und kanonisierten Aussprachevarianten, von berühmten und weniger berühmten Rezitatoren. Der Koran für Computer, auf

CD-Rom und als DVD mit allen verfügbaren klassischen Kommentaren und endlosen Querverweisen und Hyperlinks. Wenn man eine solche CD lädt, hört man den Gesang, und gleichzeitig erscheint auf dem Bildschirm, durch einen Textmarker hervorgehoben, die gerade gesungene Stelle zum Mitlesen, wie man es im Ramadan auf speziellen religiösen Sendern auch im Fernsehen sieht.

Interessanter als der immergleiche Inhalt und Wortlaut des Korans sind freilich die Koran-Verpackungen. Der Koran selbst ist ja stumm. Seit Mohammed starb und die Serie von Offenbarungen (nichts anderes ist ja der Koran) abgeschlossen ist, interagiert er nicht mehr mit seinen Hörern und Lesern, und auch die Rezitationsweisen in ihrem Konservatismus spiegeln nicht die Gegenwart und neue Bedürfnisse und Einflüsse. Es gibt keinen Koran-Rap und keinen Koran-Hiphop, sosehr dieser Text mit seiner Reimsprechprosa dazu geeignet wäre – so sehr, daß Hiphop geradezu die islamische Variante des populären christlichen Gospel-Gesangs werden könnte, wäre es nicht aufs strengste verboten, den Koran mit musikalischer Begleitung zu rezitieren.

Von verbindlichen Vorbildern und Traditionen unbelastet, bieten dagegen das Köfferchen für zwanzig Koranhörkassetten, eine würfelförmige Box für Koran-CDs oder auch nur die Plastikhülle für eine fromme DVD ungeahnte Gestaltungsmöglichkeiten. Hieran, und eben nur hieran, lassen sich die gegenwärtigen Seelenzustände der Muslime ablesen, der islamischen Koran-Verkaufsstrategen, Koranverpackungsdesigner und der vielen, vielen Käufer von Indonesien bis ins türkische Rheinland. Um einen Einblick in die aktuelle Gemütslage der

Muslime zu erhaschen, ist es sogar angemessener, diese Verpackungen zu studieren, als die gegenwärtige arabische Literatur zu lesen.

Von den rasanten Veränderungen, die die arabischen Länder, und Marokko allen voran, heute erleben, war in den Gedichten, die die Marokkaner in Rabat den Deutschen vorlasen, kein Hauch zu spüren. Sie erwiesen sich allesamt als Romantiker, versonnene, versponnene, nostalgische Seelen, und die volkstümliche Entsprechung zu dieser immerhin des differenzierten sprachlichen Ausdrucks mächtigen Intellektuellenromantik ist die Islamromantik, die sich mangels anderer Ausdrucksmöglichkeiten – diese Religion ist ein strenges Gebilde, das viel auf die Sittlichkeit, aber nicht viel auf die Gefühlsseelen ihrer Anhänger gibt – in den Verpackungen der verschiedenen Koran- oder Islamprodukte wie Gebetszeitentabellen und sonstigem Muslimzubehör niederschlägt.

Und aus welchem ikonographischen Material das gespeist ist, was alles sich darin mischt! Es findet sich nichts Islamisches darin, sondern ist ein Abklatsch der Bildersprache der europäischen Spätromantik und des Surrealismus. Dalí, seiner irritierenden Effekte behoben und am Computer zusammengepanscht mit Turner, Caspar David Friedrich und einer Diashow über die Schönheit der kanadischen Seenlandschaften. Besonders Wasserfälle und saftig-grüne, blumenübersäte Wiesen sprechen den heutigen Durchschnittsgläubigen an. Oder Fichtenwälder.

Natürlich ist das alles symbolisch gemeint, ein Guckloch ins Paradies. Koran und Islam, soll gesagt werden, sind unerschöpfliche Quellen von Leben, Fruchtbarkeit und Wohlergehen. Der Hauch von Surrealismus à la Dalí steht für den transzendenten Ursprung all dieser Wohltaten. Und doch ist dieser Symbolismus von zu direkter Gegenständlichkeit. Kein Wunder, daß alle Muslime am liebsten nach Europa oder Nordamerika auswandern würden. Dort befinden sich die realen Vorbilder ihrer Träume von der Natur. Während das Paradies früher immer als Garten gedacht wurde, erscheint es auf diesen Verpackungen in Gestalt wilder nordischer Landschaften. Aber kann es überraschen, daß der populäre Islam sich europäisch imaginiert? So abhold wie die traditionelle, von Abstraktionen geprägte islamische Ästhetik populäreren, gegenständlichen, eingängigeren Darstellungsweisen ist, bleibt den Werbestrategen gar nichts anderes übrig, als aus dem Bildergedächtnis des Westens zu schöpfen. Und sie brauchen nicht einmal daraus zu schöpfen, sie werden ohnedies ungefragt aus den westlichen Bilderfabriken damit überschwemmt.

Welch ein Niedergang im Vergleich zur abstrakten Kunst in Fes, in Andalusien, überall in der islamischen Welt! Welche Degeneration des Geschmacks, nobilitiert durch Frömmigkeit, mit dem einzigen Ziel, die Produkte besser zu verkaufen. Dies schlägt auf die Inhalte, auf das religiöse Verständnis zurück. Der Koran, der mit Hilfe dieser Kitschvisionen gekauft wird, wird sich den dadurch geweckten Erwartungen nicht entziehen können. Er wird genau als ebensolcher Kitsch gelesen und verstanden werden. Die Prediger und Korankommentatoren, die das leisten, gibt es längst auf allen Kanälen.

Und da trauert R., trauert über den Islam. Während er versunken vor den Islamprodukten in dieser Buchhandlung steht, hat er sich in Rage gedacht, und seine Wut, seine gewiß jedes vernünftige Maß und alle Gebote der Sachlichkeit überschreitenden Verdikte, sind nichts als ein Ausdruck der Trauer um diesen verlorenen und zerstörten Islam, seine Herrlichkeit, seine Ausdruckskraft, seine abstrakte Bilderwelt, seine kompromißlose Ästhetik. Der höchste Höhepunkt und der tiefste Tiefpunkt dieser Religion liegen für ihn, den Besucher, nur zwei Tage auseinander, vorgestern Fes, heute Marrakesch, vorgestern die Altstadt von Fes al-Bali in ihrer ganzen andalusischen Pracht und heute Marrakesch-Gueliz, französische Neustadt, Tiefgarage mit New Age-Islam, dem scheinbar einzig verbliebenen, dem zukünftigen.

Mit einem Mal vermeint er, die Wut, den Druck, die seelische Zwangslage Nassibs zu verstehen. Wenn selbst R. angesichts dieser Entwicklungen der islamischen Kultur Trauer und Wut empfindet, R., für den die Beschäftigung damit immer zuerst der Erweiterung und Ergänzung der eigenen Kultur gedient hat, wie muß dann Nassib diese Entwicklung wahrnehmen, die seiner ureigenen Kultur? Indem er seinen deutschen Kollegen Fes offenbarte, führte er ihnen vor Augen, daß es einen anderen Islam gegeben hat und daß etwas davon in ihm, Nassib, lebte – und vielleicht nur in ihm und wenigen seinesgleichen. Alles, was er ihnen erzählt hatte, die Intellektualität seiner Anliegen und die Emphase seiner Gastfreundschaft, waren nicht nur ein Teil von ihm selbst, sondern ein Ausläufer, ein vom Aussterben bedrohter Ast des verschütteten schöpferischen Potentials dieser Kultur.

Um sich und sein Erbe zu bewahren, muß er agieren, propagieren, muß er werben, argumentieren, sich positionieren, muß er sich verwahren und wehren, muß er protestieren, kämpfen und unermüdlich präsent sein. Wie er, der fließend und ohne Zögern Französisch sprach, wenn es angebracht war, gegen die Intellektuellen der marokkanischen Frankophonie wettern konnte! Was immer sie leisteten, selbst ihre wichtigsten geistigen oder dichterischen Beiträge, sei wertlos für die arabisch-islamische Kultur, weil es sich in einer fremden Sprache vollziehe und nicht die eigene Kultur fortschreibe, sondern eine andere. Die Franzosen aber nähmen das, was die Marokkaner auf Französisch leisteten, ohnedies nicht ernst; damit ein Marokkaner in der globalen Weltkultur gehört werde, müsse er sich dieser so weit anbiedern, daß er für Marokko nicht sprechen könne. Alle, die dabei waren, als er dies sagte, wußten, daß er den ebenfalls aus Fes stammenden Schriftsteller Tahar Ben Jelloun meinte, seinen einstigen Jugendfreund und nun großen Antipoden, der um des Ruhmes willen das gemeinsame Anliegen verraten habe.

Als R. und Carima in Rabat zusammensaßen und sie ihn nach Nassib fragte, wie lange sie sich schon kennten und wie R. ihn einschätze, hatte er zu sagen vergessen, daß Nassib für ihn, R., das Inbild des Intellektuellen sei, mit aller Emphase, die in diesem Wort liegt, und ohne das Lächerliche nur zu streifen, das der Idee der Intellektuellenintellektualität mittlerweile anhaftet. Nassib, so war es ihm von der ersten Begegnung an erschienen, war der Intellektuelle als unzweifelhaftes Vorbild, und das Vorbildlichste an der Intellektualität von Nassib, abgesehen von seinen Kenntnissen und seinem permanenten Engagement für alles, woran er glaubte, das Vorbildlichste an ihm war seine vollendete Ernsthaftigkeit. Dabei war er weder humorlos noch gingen ihm Leichtigkeit und Lebensart ab, und es ist bezeichnend, daß bei dem halben Dutzend Begegnungen, die sich zwischen Nassib und ihm seit Ende der neunziger Jahre ergaben, zuerst in Kairo, dann in Paris und in Köln, in Sanaa, Casablanca und nun in Rabat, R. ihn jedes Mal tanzend und feiernd erlebt hatte, so oft wie keinen anderen Menschen, den er so flüchtig kannte.

Was aber seine Ernsthaftigkeit, die natürlich auf einer tief empfundenen Dringlichkeit seiner Anliegen beruhte und alles andere als Attitüde war, was diese Ernsthaftigkeit für R. so vorbildlich und einzigartig machte, war der Unterschied zum Gebaren der Intellektuellen aus Mitteleuropa, wie R. sie in den vergangenen Jahren oder schon Jahrzehnten wahrgenommen hatte. In dieser Ernsthaftigkeit, nicht in der politischen Ausrichtung, lag die Verwandtschaft mit der europäischen Intellektualität in der ersten Zeit nach dem Krieg und zwischen den Kriegen. Darin fehlten jede Infantilität und jeder Populismus, sei er aufgesetzt oder echt, fehlte die Spaßvögelei, die selbstbezügliche Schöngeisterei und die Anbiederung an die Moden. Um die Geister entsprechend ihrem Niveau zu scheiden, muß man sie nur vor die Wahl stellen, ein Popkonzert zu sehen oder einer Dichterlesung beizuwohnen, ein Fußballspiel oder eine Medresse zu besuchen, einen Comic oder ein Buch zu lesen, einen Lieblingsverein zu haben oder ein Anliegen. Gleich was der typische mitteleuropäische Wohlstandsintellektuelle in solchen Fällen täte, er würde über diese Alternativen ernsthaft nachdenken, er würde sie als wählbare, ja wahrscheinlich gleichwertige Optionen begreifen. Und er wird, wenn er das liest, in sich aufsteigen fühlen Halbsätze wie: Ja warum nicht, was spricht dagegen, darf man denn nicht... Zumindest wird er sagen, daß sich diese Dinge doch nicht ausschließen müssen, ja, daß beide Neigungen vereinbar seien. Und genau das würde ihn, den mitteleuropäischen Durchschnittsdichterunddenker, von Nassib unterscheiden. Ganz zu schweigen davon, daß er sich dabei sehr fortschrittlich und aufgeklärt vorkäme und auch noch stolz darauf wäre, kein so verkopfter Intellektueller zu sein, vielmehr ein Herz zu haben und nicht einmal Fußball, Talkshows, Pornos oder Popmusik zu verachten.

Eine schöne junge Frau muß auftauchen, um R. aus seinen Betrachtungen zu reißen. Sehr schön und sehr jung, fast noch ein Mädchen, und doch sicher keines mehr. Was macht so eine in der Buchhandlung, fragt er sich. Zu einem kurzen, kräftigen Zopf gebündeltes, glänzendes, pechschwarzes Haar. Zweifellos Marokkanerin: zu dunkle Haut für eine Französin, Berberprofil, und die coole Freizügigkeit, wie sie ihm schon auf den wenigen Metern vom Hotel zur Buchhandlung bei den jungen Frauen aufgefallen ist, krasser noch als in Rabat. Zu zweit sausen sie mit wehenden Haaren und kurzen Röcken auf einem Moped über die Kreuzung, führen ihre Handtaschen spazieren oder telefonieren scheinbar konzentriert, und wenn er ihnen direkt ins Gesicht schaut, blicken sie sogleich auf und unverhohlen zurück, so daß er es nicht wagt, länger hinzuschauen, sonst fühlte er sich gleich verwickelt mit ihnen.

Die hier hat die Augenbrauen elegant auf zwei dünne Striche zusammengezupft, ihre Lider dezent blau-rosa gefärbt und die kräftigen Wangenknochen mit einem zarten Rouge betont. Zwischen neunzehn und zweiundzwanzig, schätzt er. Verteufelt enge Bluejeans, kurz, den schmalen Unterschenkel bis zu der Höhe preisgebend, wo die Achillessehne sacht zum Muskel sich auswächst. Die Sonnenbrille hat sie in die Haare gesteckt, ein Modell nach der Mode der ersten Welt aus der letzten Saison: global typische Schwellenlandmodeverspätung. Das nach wie vor auch in westlichen Breiten übliche, dort freilich ins proletarische Milieu herabgestufte Handtäschchen (rosa!) hält sie eng unter die linke Achsel gepreßt und hebt dadurch schlau ihre kleinen Brüste hervor.

R. beschließt, sich von ihr führen zu lassen. Sie schlendert zwischen den Büchertischen, als wären es Blumenbeete, und scheint nichts Bestimmtes zu suchen. Vermutlich vertreibt sie sich die Zeit bis zu einem Rendezvous oder sucht ein Geschenk für eine Freundin. Bei den Stapeln mit den modernen Dichtern bleibt sie stehen. Wenn er sie anreden wollte, wäre das jetzt ein guter Moment, denn bei den Dichtern kennt er sich aus. Doch was will er von ihr? Sie hebt einen der kleinformatigen Bände mit Liebesgedichten von Nizar Qabbani hoch. R. erinnert sich an die Verse, die er einmal übersetzt hat:

Der Alhambra Tor war zum Treffen erkoren,
Wie süß, daß ohne Planung man sich traf
Zwei schwarze Augen, aus denen Fernen geboren,
Bist du Spanierin? Habe ich gefragt,
In Granada geboren, hat sie gesagt.

Granada! In diesem Augenpaar, nach langem Schlaf,
Sind siebenhundert Jahr' erwacht
Und Omayyaden mit erhobenen Fahnen
Und ihrer angespannten Rosse Pracht! (...)
Wie ein Kind bin ich der Führerin nachgelaufen,
Und hinter mir die Geschichte... ein Aschehaufen!

Wie leicht könnten sie sich in gemeinsamer Begeisterung über diesen Dichter ergehen! Über die Liebe im Gedicht und die Liebe im allgemeinen. Allein die Möglichkeit, daß er sie jetzt anreden könnte und dank Nizar Qabbani direkt in ein intimes Gespräch mit ihr verwickelt wäre, setzt ihn unter Zugzwang. Er könnte sie anreden, ja, aber sollte er auch? Was will er von ihr, wenn er sie dann im Gespräch hat? Noch während er so mit sich hadert, legt sie das Buch beiseite und geht weiter. Neben Qabbani liegen die übrigen modernen arabischen Schriftsteller, auch die marokkanischen, die Schöne streift achtlos an ihnen vorüber. R. hingegen freut sich, im Vorbeigehen einige der Bekannten und Freunde aus Rabat zu entdecken, darunter Nassib und zwei jüngere Dichter.

Um nicht aufzufallen, nimmt er den ersten Band der gewichtigen »Sämtlichen Werke« von Nassib in die Hand und liest flüchtig darin: *Das Gedicht ist Heimat. Allein das Gedicht. Das Schreiben ist meine Heimat.* Währenddessen beobachtet er, wofür sich die Frau nun interessiert. *Vom Gedicht zum Schweigen. Das Wissen ist eine Nacht ohne Morgen, sagt Ibn Arabi. Die Gegenwart der Nacht ist die Gegenwart des Wissens, des Wissens um das Leben im Gedicht.* Aber von dort, wo er steht, kann er nicht erkennen, was sie jetzt in der Hand hält. Zwischen ihnen liegen die vorislamischen Dichter in den gebundenen Ausgaben, viele davon in neuer Aufmachung mit dem Coverdeckel in kräftigen, leuchtenden Farben, die Motive nach dem Vorbild alter Miniaturen gewählt. Nassib weiter: *Womit hat das Schreiben begonnen? Das auf den Dächern von Fes ausgebreitete Weiß. Die Springbrunnen in allen Häusern und Moscheen. Das Schweigen in den Gassen, die Angst. Das Licht und die Dunkelheit, die im Laufe der Zeit immer intensiver wurden. Alles das genügt nicht zum Schreiben. Der wahre Grund besteht in der Notwendigkeit, auf alles zu verzichten, was außerhalb des Gedichts liegt, und sich den Gewölben des Inneren zuzuwenden. In ihnen entstand mein Leben im Gedicht.* Recht geschmackvoll, diese Cover, ein Augenfang. Grund genug, unauffällig in ihre Nähe zu rücken, um so zu tun, als wolle er die neuartige Gestaltung dieser im Libanon gedruckten Bücher studieren. In Wahrheit schielt er zu ihr herüber, um zu sehen, was sie jetzt liest. Es ist ein Spiel für ihn, eine soziologische Studie und eine spannende Ablenkung. Nassib: *Damals las ich eine Reihe von Büchern, die zwischen mir selbst und der dichterischen Sprache Brücken schlugen – Baudelaire, Rimbaud, Mallarmé, was die Europäer betrifft, und Abu Tamman unter den Arabern. Bald darauf, nachdem ich den Sommer 1968 in Paris verbracht hatte, entdeckte ich de Saussure und Maurice Blanchot. Nicht immer habe ich mich dabei getraut zu sagen, was ich denke. Es gab Fragen, die mich nicht losließen. Warum hat die Moderne in der arabischen Dichtung nicht beim Koran begonnen, wie es doch nahegelegen hätte, sondern bei den europäischen Dichtern? Ich machte mich daran, die Struktur der Koranverse zu studieren. Ich wollte dem Geheimnis der Sprache auf die Spur kommen.* Mehr als eine Ablenkung; tatsächlich eine ausgewachsene Führung durch den unbekannten Buchladen. Rasch legt er die gesammelten Werke Nassibs zurück zu den Stapeln mit den übrigen Marokkanern und geht ihr hinterher.

Daß sie vor Nizar Qabbani mit seinen Liebesgedichten stehengeblieben ist, hat ihn nicht gewundert, das passiert allen jungen Frauen ständig überall in der arabischen Welt, wie gebildet oder ungebildet sie sein mögen. Aber mit lila lackierten Fingernägeln in einer Ausgabe der »Wiederbelebung der Wissenschaften der Religion« von Imam al-Ghazali zu blättern, etwas Vergleichbares, sagt er sich, würde er daheim nie zu sehen bekommen. Und sei es, daß sie bloß hier ist, um die Zeit totzuschlagen: Sie liest mit grell geschminkten Augen, berührt mit hochgepflegten Fingern das Buch eines im Jahre 1111 in Iran gestorbenen Religionsgelehrten!

Hatten nicht vor 900 Jahren ihre Vorfahren, die Almoraviden, Berber aus dem Süden wie sie und die Gründer von Marrakesch, al-Ghazalis Bücher in Cordoba, das sie erst wenige Jahre zuvor erobert und vor den Christen gerettet hatten, öffentlich verbrannt? Jetzt liegen sie als von keinem Fanatiker mehr zu vernichtendes Druckwerk in ihrer Hand. Verbrannt wurden al-Ghazalis Schriften, und doch war er nie ein Freigeist, vielmehr hatte er die fundamentalistische Revolution der Almoraviden vom anderen, östlichen Ende der arabischen Welt aus mit einer Fatwa gutgeheißen. Es nützte ihm, der zu einem spirituellen Revival des Islam beitragen wollte, nichts; denn die buchstabengläubigen Rechtsgelehrten, auf die sich die Almoraviden stützten, konnten in diesem islamischen Luther, der die Gläubigen zum Selberdenken anregte, nur eine Gefährdung ihres Einflusses sehen (»von wegen, der Islam hat keinen Luther gehabt«, sagte Nassib auf die Bemerkung Hammerkohls, es gäbe ja bekanntlich keinen Luther im Islam, »ganz genau einen solchen, al-Ghazali, nur hat sich der Islam eben nicht so bereitwillig aufspalten lassen wie die Christenheit«). Diesen Leuten im Dienst der Almoraviden, die das religiöse Recht streng nach dem Buchstaben auslegten, war eine aus der Innerlichkeit gelebte Religion ein Graus. Stets, fügte Nassib an, sei es die Tragik des Islam gewesen, eine Gesetzesreligion zu sein und keinen weltlichen Widerpart zu haben, so daß jede Erneuerung des religiösen Lebens als Bedrohung für Staat und Gesetz aufgefaßt werden mußte und um so vehementer verfolgt wurde.

Ein Glücksgriff, die Frau. Sie hat ihn in die Ecke mit den Sufi-Schriftstellern geführt. Sicher hätte er die auch selbst gefunden, aber nicht auf so vergnügliche, erregende Art und Weise! Der Preis dafür ist allerdings hoch: Sie scheint ihm zu signalisieren, daß er sich aufdringlich benimmt. Sie blickt hoch und starrt ihm knapp, aber unverhohlen in die Augen. Was willst du? Gibt es irgend etwas? Dann sag es jetzt, oder laß mich in Frieden. Das mochte dieser Blick sagen. Oder doch nur Neugier? Wer bist du? Läufst du mir hinterher? Könntest du etwas wollen von mir? Dann mach schon: könnte ja auch mich interessieren.

Gleich darauf wendet sie sich ab, legt al-Ghazali fort und nimmt einen anderen Titel zur Hand, den er von seiner Position nicht erkennt. Die Angewohnheit der arabischen Buchgestalter, die Cover mit den Titeln und Autorennamen stets in verschnörkelten, beim schnellen Draufschauen kaum entzifferbaren kalligraphischen Schriftarten wiederzugeben, macht das Erkennen von Büchern zu einem mühseligen Geschäft. Wieder weiß er während einer langen halben Minute nicht, was er tun soll, stehenbleiben oder nicht, sie dreist einfach anreden oder lieber nicht. Als er dann aufblickt, sieht er, wie sie in eine Seite des Buchs, in dem sie gerade geblättert hat, ein Eselsohr knickt. Ruckartig dreht sie ihr Köpfchen zu ihm hin, blickt ihm erneut in die Augen, legt das Buch oben auf den Stapel zurück und geht zügig in den Gang mit den französischsprachigen Frauenzeitschriften. Dorthin kann er ihr natürlich nicht folgen. Er rückt bis zu der Stelle weiter, wo sie eben noch stand, glaubt, einen Hauch ihres Parfums zu erhaschen – eines der marokkanischen Öle, nicht unsexy, eine Mischung aus Orange und Rose –, und beobachtet sie offen über die Tische mit den Auslagen hinweg, bis sie eine Zeitschrift zur Hand nimmt. Sie achtet gar nicht auf ihn.

Auch gut. Er hebt das Buch hoch, das sie zuletzt in der Hand hatte. Um den verschnörkelten Titel zu entziffern, ist er zu ungeduldig, er sucht die Seite mit dem Eselsohr. Seite 43. Da stehen nur sechs Halbverse, der Rest setzt sich aus Anmerkungen, Kommentaren und Erläuterungen zusammen. Nicht ungewöhnlich bei schwerverständlicher alter Dichtung. Die Ausgaben der Mu'allaqat, der vorislamischen Poeme, haben oft nur eine Zeile pro Seite. Aber dies hier ist etwas anderes. Er formt mit seinen Lippen die Laute, die Verse für sich übersetzend:

Laqad sâra qalbî qâbilan kulla sûratin
Fa-mar'an li-ghizlânin wa-dairun li-ruhbân...

Mein Herz ist fähig, alle Formen anzunehmen
Eine Weide für die Gazellen, ein Kloster für den Mönch
Ein Tempel für die Götzen und eine Kaaba für den, der sie umkreist
Die Tafeln der Tora und eine Handschrift des Korans
Ich bekenne die Religion der Liebe, wohin auch immer
Ihre Karawane zieht. Die Liebe ist mein Glaube und meine Religion.

Als er die Verse entziffert hat, stockt ihm der Atem. Einen Moment später schaut er sich um. Sie ist fort. In der ganzen Buchhandlung ist keine Spur von ihr zu sehen. Seine Kopfschmerzen sind verflogen. Er schlägt das Buch zu. Den Titel braucht er nicht zu entziffern, er kennt ihn schon, bevor er ihn liest, die Zeilen sind überall in der arabischen Welt bekannt, sie stammen aus dem Buch mit dem Titel *Tardjuman al-Aschwaq* – Der Dolmetscher der Sehnsüchte. Vom Wiederbeleber der Religion, Ibn Arabi.

Den Stadtplan, den er kaufen wollte, vergißt er.

Vierte Umkreisung

ممنوع البول
رمي الأزبال

Fünfte Umkreisung

Was ihn an der mittelalterlichen Geschichte Nordafrikas und Andalusiens, wie sie seit Ibn Khaldun erzählt wird, immer schon fasziniert hat, sind die sich in Wellen religiös inspirierter Berberdynastien vollziehenden politischen Umstürze bei gleichzeitiger Blüte des Geisteslebens, der Künste und der Wirtschaft – gleichzeitig, sofern wir nicht in Zeiträumen weniger Jahre, sondern in Dezennien denken, wie wir es aus dem Abstand vieler Jahrhunderte meistens tun und in der eigenen Gegenwart nie.

Im Anschluß an den Besuch der Gerbereien und der ehemaligen Buchhandlung, nachdem Nassib durch die Abwertung seines Nietzsche-Zitats bloßgestellt war und sich allein mit dem Hinweis auf die arabische Selbstkritik und die Kapitelüberschriften bei Ibn Khaldun zu helfen wußte, lief er beim anschließenden Essen im Palais Tasi zur Hochform auf. Bald kam er auf einen Punkt zu sprechen, an dem die Deutschen naturgemäß dünnhäutig waren, und sie konnten, was er da sagte, nur als Provokation verstehen, selbst Carima. Lediglich R. neigte der Annahme zu, Nassib habe in vollem Ernst gesprochen, und wollte darin nur insofern Aggressivität entdecken, als er sich ohne Rücksicht auf etwaige Empfindlichkeiten seiner Gäste äußerte. Ob sie ihm überhaupt bewußt waren?

Bereits auf der frühmorgendlichen Busfahrt hatte Nassib mit

seinen sich den Tag über hinziehenden historischen Lektionen begonnen. Fes, lernten die Gäste aus Deutschland, ursprünglich ein Marktflecken der Berber aus dem Umland, sei zur Stadt geworden dank zweier Gruppen arabischstämmiger Einwanderer und Flüchtlinge, die sich kurz nacheinander an getrennten Ufern des Flusses Fes niederließen. Die eine Gruppe, am linken Ufer siedelnd, kam 809 aus der ältesten arabischen Stadt Nordafrikas, dem gut hundert Jahre zuvor als Heerlager gegründeten Kairuan in Tunesien. Nach ihnen wird der Stadtteil am linken Ufer bis heute als der »der Kairuaner« bezeichnet. Im Jahr 818 stießen mehrere Tausend arabischstämmige Andalusier hinzu und gründeten den nach ihnen benannten Stadtteil am rechten Ufer, Al-Andalus, Andalusien genannt. Sie waren aus Cordoba hergezogen. Eine gescheiterte Revolte, in deren Folge es zu Massakern kam, hatte sie zur Flucht gezwungen. Anfangs sei Fes daher eine Doppelstadt gewesen, und in den beiden Hälften hätten sich wie in einer imaginären Mitte der Osten und der Westen der arabisch-islamischen Welt vereinigt.

Zum geistigen Zentrum Marokkos, ja Nordafrikas und des muslimischen Spanien insgesamt, habe sich Fes mit der Gründung der Moschee der Kairuaner entwickelt. Ein 862 von einer frommen Adligen (»une femme«, sagte Nassib, »une femme, vous comprenez?«, und bat R., dies auf jeden Fall zu übersetzen) gestiftetes Bethaus wurde unter dem in Cordoba residierenden Omayyadenkalifen Abd ar-Rahman III. zu einer großen Moschee erweitert. Die Zeit Abd ar-Rahman III., der von 929 bis 961 herrschte, sei für Andalusien und Nordafrika die glücklichste gewesen. Abd ar-Rahman war nicht nur der eigentliche Erbauer der Kairuaner Moschee in Fes, sondern auch der Bauherr der berühmten Omayyadenmoschee in Cordoba. Und er war der erste der andalusischen Omayyaden, der sich ermächtigt fühlte, den Kalifentitel anzunehmen und den beiden anderen Kalifen seiner Zeit, dem abbasidischen in Bagdad und dem fatimidischen in Kairo, als ebenbürtig entgegenzutreten. Der Kalif ist, wie die ursprüngliche Bedeutung des arabischen Wortes besagt, nichts anderes als der Nachfolger des Propheten Mohammed als Führer der islamischen Gemeinde; wenn es mehrere Kalifen gebe, so deute das, erläuterte Nassib, auf eine tiefe Spaltung der islamischen Gemeinde hin – ein sicheres Zeichen des Niedergangs.

– Und wer ist heute Kalif, fragte Hammerkohl, sei es aus Unwissenheit, sei es, um dem Redefluß Nassibs etwas entgegenzusetzen.

– Es gibt keinen mehr!

– Und was ist schlimmer für die Muslime, keiner oder mehrere?

– Ça, ce n'est pas mon problème! sagte Nassib, überrascht auflachend, aber gemäß Ibn Khaldun, ergänzte er, deutet es auf ein größeres Stadium des Verfalls hin, gar keinen Kalifen mehr zu haben...

– Ah, eines hätte ich fast vergessen, fügte er an. Daß die Familie der Omayyaden, die ja bekanntlich in Damaskus die erste Dynastie von Kalifen stellte, überhaupt nach Spanien gelangt ist, auch das hängt gewissermaßen mit Fes zusammen. Als um das Jahr 750 die Abbassiden die Omayyaden aus Damaskus verjagten und ihr eigenes Kalifat in Bagdad begründeten, konnte der damals achtzehnjährige Prinz Abd ar-Rahman (später »der I.«) als einziger dem Massaker an seiner Familie entkommen. Er wurde der Begründer der Omayyadendynastie in Andalusien.

– Abd ar-Rahman floh genau dorthin, wo wenige Jahre später Fes gegründet wurde. Warum ausgerechnet hierhin? Seine Mutter, die als Sklavin an den Kalifenhof von Damaskus verkauft worden war, stammte aus dieser Gegend. Der junge Prinz floh nach Nordafrika, weil er dort Familien- und Stammesangehörige hatte. Chers amis! Ich werde Ihnen das Loblied der Sklaven singen. Die Sklaven, die Rechtlosen sind es, die die Geschichte machen, die anderen schreiben sie nur, brach er plötzlich ins Schwärmen aus. Sehen Sie, wie mächtig eine Frau, eine Berberin, also eine Fremde und dazu eine Sklavin, eine Entrechtete, in der damaligen arabischen Gesellschaft werden konnte, daß sie die Wasser der Weltgeschichte nach Nordafrika, nach Fes und nach Andalusien umleitete!

– Abd Ar-Rahman III. also, fuhr Nassib fort, bevor er dann im Palais Tasi beim Essen tatsächlich zu seinem Exkurs über die Sklaverei ausholte, verwandelte das einfache Gebetshaus im Viertel der Kairuaner in eine große Moschee und eine religiöse Hochschule, die sich bald zu *dem* geistigen Zentrum Nordafrikas und des gesamten arabischen Westens entwickelte. Nur Cordoba und Sevilla konnten in jener Zeit mit einem vergleichbaren intellektuellen Leben aufwarten. Was auch immer sich im Lauf der folgenden Jahrhunderte wandelte und änderte, die Bedeutung der Kairuaner Moschee für den Islam blieb unvermindert bestehen; und vielleicht ist sie erst im 20. Jahrhundert wirklich verblichen.

– 1070 gründeten die Almoraviden, eine sich aus fanatischen Söldnern im Süden Marokkos rekrutierende Berberdynastie, Marrakesch und machten es zu ihrer Hauptstadt. Bald darauf eroberten sie Fes. Während Marrakesch wenig mehr als ein großes Heerlager mit Repräsentationsbauten für die Herrscher war, hatten in Fes die arabisch-andalusischen Artes, die Literatur, die Musik, die Theologie und die Baukunst schon lange Heimat gefunden. Erst in der letzten Zeit der Almoravidenherrschaft, um die Mitte des zwölften Jahrhunderts, zog auch Marrakesch Gelehrte und Künstler an, wurde ein gutes Jahrhundert lang zu einer wirklichen Konkurrenz für Fes. Die Herrscher in Marrakesch hatten die hochentwickelte Kultur Andalusiens, das sie vor der Reconquista gerettet hatten, nach anfänglicher Verachtung nun selber schätzengelernt.

– Denn sie waren schnell reich geworden. Das westliche Mittelmeer und das afrikanische Hinterland hatten sie zu einem einzigen Herrschaftsgebiet und Wirtschaftsraum vereint. Er umfaßte Andalusien, Nordafrika bis nach Senegal und die Sahara einschließlich des Sudan. Aus dem Sudan kamen das Gold und die Schwarzen. Eingetauscht wurden sie gegen Salz. Die Almoraviden kontrollierten die Salinen im Südwesten der Sahara und herrschten über die Oasenstädte und die Karawanenwege. Der hochwertige Dinar, den sie dank des transsaharischen Goldhandels prägen konnten, wurde die führende Währung der Zeit. Im ganzen westlichen Mittelmeerraum konnte man damit bezahlen.

Ungefähr an diesen Punkt der historischen Lektionen, die naturgemäß weit detaillierter ausfielen, als hier dargestellt werden kann, war Nassib mit seinen über den Tag verteilten Ausführungen gelangt, als sich alle im Prachtsaal des Palais Tasi versammelt hatten, um ihr arg verspätetes Mittagsmahl einzunehmen.

– Neben Gold, so fuhr er nun fort, wurde in der Sahara vor allem mit Sklavinnen und Sklaven gehandelt. Der schwarzhäutige Mensch als Rohstoff war natürlich keine almoravidische, arabische oder islamische Erfindung, sondern es gab ihn seit römischer Zeit, wenn nicht schon vorher. Zwischen dem neunten und dem elften Jahrhundert, so schätzen die Historiker, wurden mehr als zwei Millionen schwarze Sklaven durch die Sahara nach Norden gebracht – eine hohe Zahl für damalige Bevölkerungsverhältnisse –, und noch einmal so viele dürften aufgrund schlechter Behandlung und der Strapazen bei der Wüstendurchquerung umgekommen sein.

– Der Zufluß schwarzer Sklaven war stetig, gewiß, doch es kamen nie so viele, daß die Gesellschaften, die ihre Arbeitskraft ausnutzten, destabilisiert worden wären. Dies, sagte Nassib, unterscheidet den Sklavenimport von den Migrationsbewegungen heute. Über die Behandlung und den Status jener Sklaven ist wenig bekannt, sicher ist nur, daß manche von ihnen zu großer Macht aufsteigen konnten. So war der letzte Almoravidenherrscher der Sohn einer christlichen Sklavin aus Spanien, Kriegsbeute der almoravidischen Verteidiger Andalusiens gegen die andrängenden Christen. Und Abu Yussuf, einer der berühmtesten Herrscher der Almohaden (die auf die Almoraviden folgten), der Erbauer der großen Moschee von Marrakesch, der sogenannten »Kutubia«, wurde der »Schwarze Sultan« genannt, denn seine Mutter war eine schwarzafrikanische Sklavin. Natürlich wurden die Sklaven auch nach Spanien verkauft, ins christliche und muslimische Spanien gleichermaßen.

Der Hauptumschlagplatz war die Hafenstadt Sebta, die seit jeher den Mittelmeerzugang für die Kaufleute von Fes bildete.

– Sebta ist nichts anderes als Ceuta. Wenn heute, sagte Nassib, jährlich Tausende Schwarzafrikaner durch die Sahara nach Marokko fahren, um an den Zäunen von Ceuta zu rütteln, weil sie nach Spanien (oder sagte er, »Andalusien«?) möchten, beschreiten sie dieselben Karawanenwege, die ihre Vorfahren nahmen, bevor sie in die Haushalte der muslimischen und christlichen Notabeln verkauft wurden. Woraus sich, ob es uns nun gefällt oder nicht, fuhr Nassib fort, ableiten läßt, daß die historischen Kontinuitäten im Verhältnis der Araber und Europäer zu Schwarzafrika auch nach einem Jahrtausend größer sind als die Brüche.

– Und wenn Sie mich fragen, gab er preis, bestehen diese Brüche überhaupt nicht im Sein, sondern allenfalls im Bewußtsein, im modernen Bewußtsein, daß Sklaverei schlecht sei. Ist es aber nicht erschütternd, daß dieses veränderte Bewußtsein tatsächlich kaum je faktische Auswirkungen hatte und die Lage der Menschen, also der Schwarzen, irgendwie verbessert hätte? Noch weitaus unwahrscheinlicher scheint mir, sagte Nassib, daß dies in Zukunft nachgeholt werden könnte, erleben wir doch nichts Geringeres als die schleichende Aushöhlung dieses Bewußtseins und seinen Umschlag in die Phobie angesichts der nicht mehr durch Sklavenhändler, sondern aus blanker Not mittlerweile sogar uns in Marokko sich aufdrängenden und nicht mehr menschenwürdig abzuwehrenden Schwarzen.

Die Gäste aus Mitteleuropa, die inzwischen ihren ersten Hunger an einer exquisiten Bastilla, dem berühmten marokkanischen Blätterteiggericht, diesmal im Stil der Fusion Cuisine mit Shrimps und Glasnudeln, gestillt hatten, warfen sich vielsagende Blicke zu. Nassib, allmählich in Fahrt kommend, redete in einem fort, ohne sein Essen nur anzurühren. (»Kein Wunder, daß er so dünn ist«, sagte eine ältere, selber eher stattliche und entsprechend berühmte deutsche Poetin).

– Schützend umhüllt und umnebelt, sagte er in seinem gewählten Französisch, von der überbordenden Rhetorik des eigenen Gutseins, ist es uns *(je m'include, mesdames et messieurs!)* fast nicht mehr möglich, zu erkennen, wie flüchtig und oberflächlich die Abschaffung der Sklaverei oder verwandter Ausbeutungsformen selbst im modernen Europa im zwanzigsten und einundzwanzigsten Jahrhundert ist. Wenn sich tausend Jahre lang die Sklavenrouten nicht ändern, ist das Urteil über den Gang der Geschichte gesprochen, sind die Thesen Ibn Khalduns bewiesen: Was auch immer wir meinen, an Fortschritt errungen zu haben, nichts hält der Logik der Wiederkehr stand.

– Mais qu'est-ce que c'est, l'esclavage? Ist es nicht immer die Ausnutzung der Arbeitskraft irgendwie Entrechteter, oft verschleppter, stets auf fremdem Boden Arbeitender? Was der Kolonialismus, sage ich, dem Sklavenhandel der Antike und des Mittelalters voraushatte, das war, daß die Sklaven überhaupt nicht mehr transportiert werden mußten, sondern gleich vor Ort bei sich zu Hause für die anderen arbeiteten. Diese verfeinerte Art der Sklaverei hatte für die Gesellschaften, die sie pflegten und die von ihr profitierten, den Vorteil, unsichtbar zu sein, so daß sie, also Sie!, die Europäer, mit unbeschwertem Gewissen schlafen konnten. Trotz des Bewußtseins, daß Sklaverei schlecht war, verstanden sie es, Sklaven zu halten, n'est-ce pas génial? Man durfte sie nur nicht sehen. Man durfte nur nicht zuviel davon wissen.

– Etwas daran erinnert mich, Sie verzeihen mir, an die Deutschen. War es einst nicht ebenfalls so, daß sie nicht wissen durften, wissen sollten, wissen wollten, daß sie nicht sahen, was mit Teilen ihrer Bevölkerung gemacht wurde, nur weil sie eine andere Religion hatten? Mais je ne suis pas contre vous: Ich glaube ihnen (oder sagte er »Ihnen«?)! Wer begreift schon, was er sieht, was er täglich nur in den Straßen seiner Heimatstadt vorgehen sieht? Welcher Mensch warum verschwindet oder entrechtet wird? Aber lassen wir das! Ich will Ihnen etwas anderes sagen. Was immer die Betonköpfe unter unseren arabischen Intellektuellen behaupten, der Kolonialismus ist passé, und ich habe mich schon oft gefragt und möchte Sie alle jetzt fragen, welchen Anteil Ihr Krieg (»unser Krieg?«, sahen die Deutschen entsetzt sich an) am Ende des Kolonialismus konkret gehabt haben mag. Ob die kriegsbedingte Überstrapazierung der Kolonialmächte England und Frankreich, ob das gewachsene Selbstbewußtsein der kolonisierten Länder (denn hätte England, hätte Frankreich gesiegt ohne die Kolonien und die einheimischen Soldaten aus den Kolonien? Hätten die Amerikaner gesiegt ohne ihre Schwarzen?) nicht ursächlich für das Ende des Kolonialismus mitverantwortlich war. Ich bitte Sie, denken Sie darüber nach! Wenn es so ist, bedeutet dies nämlich, daß das, was für Europa nur als Katastrophe wahrnehmbar war, der zerstörerische Wahn Hitlers, für beträchtliche Teile des Erdballs und der Menschheit ein positives, befreiendes Ereignis gewesen ist, am deutlichsten vielleicht für uns Araber und Muslime. Lassen wir den arabischen Taxifahrern, die Hitler loben, für einmal Gerechtigkeit widerfahren. Versuchen wir einmal, sie zu verstehen. Aufklären können wir sie dann immer noch.

– Wenn ich die Deutschen für ihren Anteil am Zusammenbruch des Kolonialismus lobe, werde ich sie dennoch nicht freisprechen! Denn ihr letzter Krieg hat leider die andere, uns langsam dämmernde Konsequenz gehabt, die Sklaverei oder mindestens die an die Sklaverei erinnernde Ausbeutung in Mitteleuropa selbst wieder einzuführen. Hier waren die Deutschen die Initiatoren und Vorreiter, sie mußten es werden, aus Mangel an Kolonien. Comment avez-vous appelé ces pauvres gens là? Und dann sagte er das Wort auf deutsch, das einzige deutsche Wort, das er zu kennen schien: »Feremdarebeitr«. Ganz Europa macht es ihnen (Ihnen!) jetzt nach, sogar die Araber, waren Sie einmal in den Golfstaaten? Feremdarebeitr partout! Man muß den Deutschen freilich zugute halten, daß sie nicht nur die Sklaverei, sondern auch die dazugehörige menschenverachtende Ideologie wieder einführten, also daß sie das moderne Bewußtsein, Sklaverei sei schlecht, gleich mit abschafften. Da waren die Deutschen wenigstens ehrlicher als die Alliierten.

– Seltsam ist nur, schloß er seine Argumentation, daß diese Entwicklung auch nach dem Zweiten Weltkrieg, obschon zugestandenermaßen (und verlogenerweise!) ohne die dazugehörige Ideologie, fortgesetzt wurde und daß dies nicht nur auf Deutschland, sondern in besonderem Maße auf England und Frankreich zutrifft; ja daß diese Entwicklung zugenommen und einen Großteil des vereinten Europa erfaßt hat. Was den Deutschen die Gastarbeiter waren (»les ouvriers importés«, sagte er), das waren den Franzosen und Briten die Zuzügler aus den ehemaligen Kolonien. Nun waren beide, gewiß, keine Sklaven. Sie hatten ja, anders als Sklaven, tatsächliche Rechte, wenn auch eingeschränkte. Mais je vous demande, nein, ich will gar nichts fragen, ich will etwas sagen. Wenn ich Ihnen dies sagen darf, besonders Ihnen, Monsieur Ammerkohl (so nämlich sprach er diesen Namen, ihn französisch beschneidend, neuerdings aus), mir will der Unterschied zwischen eingeschränkten Rechten, weil man, wie heutzutage, die falsche Staatsbürgerschaft hat, und zwischen eingeschränkten Rechten, wie früher, weil man die falsche Religion hat, nicht so groß vorkommen, wie Sie behaupten – und behaupten Sie diesen Unterschied nicht nur deshalb, weil bei Ihnen zufällig das Staatbürgerschaftsrecht und nicht das religiöse waltet?

– Ich für meinen Teil bin sogar der Ansicht, daß die Einbürgerung über den Weg der Religion gerechter ist: Die Religion kann einer wechseln, wann er will, jedenfalls immer sich zum stärkeren und gerade herrschenden Glauben bekehren, um aber die Staatsbürgerschaft zu wechseln, ist man auf die Gnade des Staates angewiesen, man kann sich nicht von sich aus zu ihm bekehren. En tout cas, beides sind Systeme, die nach Gutdünken aus- und einschließen, wie es gerade opportun erscheint. Und Herkunft oder Religion, die unterschiedlichen Kriterien dieser Systeme, ist das nicht oft genau dasselbe? Sind die Fremden, mit weniger Rechten Ausgestatteten, bei Ihnen nicht meistens die mit der anderen Religion, Muslime oder vielleicht nur orthodoxe Christen? Russen, Ukrainerinnen, Serben, Bulgaren? Sind es nicht genau diese mit der anderen Religion, die am Ende in Ihre vermeintlich säkularisierte europäische Union, in Ihre tolle westliche Wertegemeinschaft nicht hineindürfen?

– Ich muß Ihnen nach alldem nicht mehr sagen, wo die wahre zeitgenössische Sklavenwirtschaft beginnt, wo die vollständige Entrechtung stattfindet und die Arbeitskraft der Entrechteten nach Strich und Faden ausgenutzt wird. So wie früher die Anhänger der Buchreligionen, Christen und Juden, unter muslimischer Herrschaft ihre speziellen Rechte hatten und wie heute in Europa die Fremden mit Aufenthaltsgenehmigung und Arbeitserlaubnis ihre speziellen Rechte haben, gibt es hier wie dort die völlig Rechtlosen, im Islam die, die Vielgötterei betreiben oder Religionen anhängen, von denen die Muslime nichts wußten oder wissen wollten, wie die Naturreligionen der Schwarzhäutigen. Und in Europa die illegal im Land Lebenden und Arbeitenden, welche ganz offiziell rechtlos sind, deren Arbeitskraft aber gleichwohl zu Bedingungen, die ihr diktieren könnt, ausgenutzt wird. Was das mit echter Sklaverei gemein hat, erweist sich, wenn man studiert, in welchen Gewerben diese Sklaven seit Jahrtausenden arbeiten: Sex, einst im Harem, jetzt, schlimmer eigentlich, im Bordell oder auf der Straße (selbst bei uns in Marokko übrigens, spazieren Sie nur heute nacht einmal um unser Hotel herum); Bauhandwerk; Landwirtschaft; Hausarbeit. So war es immer, so ist es heute, so wird es für alle Zeit sein.

Nassib erntete, wie er es wohl selbst nicht anders erwartet hatte, nur Schweigen. Selbst Ammerkohl (alle nannten ihn für den Rest des Tags so, Nassib hatte ihn gerupft, hatte ihm tatsächlich das H geraubt), der Angeredete und zuallererst Gemeinte, war verstummt, was freilich daran liegen mochte, daß sein Französisch für ein paar naseweise Einwürfe, nicht jedoch für eine ähnlich ausgeklügelte Replik gereicht hätte. Einzig Carima erhob in die Grabesstille hinein ihre Stimme.

So habe sie nie gedacht, sagte sie, sie finde diese Sichtweise aber sehr interessant und müsse sie auf sich wirken lassen. In einem Punkt allerdings wolle sie jetzt schon widersprechen. Ob sich nicht doch wesentlich etwas geändert habe, wenn wir die Sklaverei oder Entrechtung oder Ausbeutung, egal, wie wir es nennen, eben nicht gut und normal fänden? Das mache doch einen Unterschied aus, einen Schritt vielleicht sogar in eine richtige Richtung, zu einem gerechteren Leben, selbst wenn wir es nicht schaffen würden, unsere Auffassung zu verwirklichen, selbst wenn wir inkonsequent seien und lange nicht so gut und gerecht, wie wir uns vormachten? Selbst dann wäre es doch ein Anfang, nicht wahr?

Und daß er, Nassib, uns das jetzt sage, das, sagte sie, sei doch nur möglich, weil es diese Kluft gebe zwischen unserem Bewußtsein und unserem Verhalten, zwischen den Gesetzen unserer Länder und unseren Idealen. Sie wolle nicht bestreiten, was er behauptet habe, aber daß es gesagt werden könne, daß alle hier sitzen blieben und zuhörten, was ein Almoravide gewiß nicht getan hätte und auch kein überzeugter französischer Colon und ein Nazi erst recht nicht, sei das nicht immerhin ein Versprechen, ein Versprechen, welches es vorher nicht gab?

– Insha'allah, rief er aus, hoffentlich! Et maintenant, mangez, s'il vous plaît, n'hésitez pas!

Noch bevor Nassib seine zweckentfremdete Tischrede, seinen historisch-ahistorischen Exkurs beendet hatte, war von sechs dunkelhäutigen Schönheiten männlichen und weiblichen Geschlechts das Hauptgericht serviert worden, drei riesige Taginen von einem halben Meter Durchmesser. Auf Nassibs Kommando wurden die Deckel, die schweren, tönernen, kegelförmigen Hüte, in einer feierlichen Geste von den Präsentiertellern gehoben, und die Gerichte kamen zum Vorschein, typische Taginengerichte, Lamm mit Pflaumen, Huhn mit Olive und Zitrone, Fisch mit Mandeln, dazu ungezählte Teller mit Vorspeisen. Und bald war die Tischrede nur noch eine blasse Erinnerung an etwas Unangenehmes, das man lieber nicht ausdiskutierte – schlimm genug, es gehört haben zu müssen.

Nassibs Fixierungen auf Historisches und die dilettierend-genialische Einbeziehung alles Deutschen in seine Überlegungen war ein Tick, den er mit vielen Arabern teilte, wenngleich die wenigsten ihn so wirksam einzusetzen wußten wie er. Nach dem zu urteilen, was sie im Laufe ihres Besuchs heraushören konnten, war sein historisches Faible in seiner Herkunft begründet. Seine Familie hatte, wie es schien, die Geschicke von Fes mitbestimmt. Doch Nassib sprach wenig von sich. Und wenn er es tat, war es, weil es nun einmal zu Fes mit dazugehörte.

Der Bus fuhr, wie R. später anhand eines Stadtplans rekonstruierte, zunächst am weitläufig ummauerten Gelände vorbei, das den mittelalterlichen Königspalast, die Garnison und die Verwaltungsgebäude umfaßt. Dieses 1276 vor den Toren des alten Fes liegende »neue Fes« geht auf die Dynastie der Meriniden zurück, unter denen die Stadt im vierzehnten Jahrhundert, genau zu Lebzeiten Ibn Khalduns, ihre letzte große Blüte erlebte. Der Bus hielt dann an einem abschüssigen Platz vor einem Stadttor. Bevor sie ausstiegen, hatte Nassib sie darauf hingewiesen, daß das Bou Djelloud-Tor mit seinen auf der einen Seite blauen, auf der anderen Seite grünen Fayencen keineswegs aus dem Mittelalter stamme, wie sonst die Tore und Mauern, die sie sahen, sondern erst 1913 im orientalisierenden Stil anstelle des verfallenen alten Tores errichtet worden sei. Wie der sensible Beobachter merke, fügte er hinzu, entspreche es in Aufbau und Größe dem Typ des römisch-französischen Triumphbogens, der einzige Unterschied sei die Form der Bögen selbst, die andalusische Hufeisenform statt des gewöhnlichen Halbrunds.

– Vor diesem Tor, fuhr er fort, wurden die abgehackten Köpfe aufgespießt, ich habe sie als kleines Kind noch gesehen. Und hier versammelten sich in den fünfziger Jahren die Demonstranten, die mit den Protestlern in anderen Städten das Ende der französischen Herrschaft in Marokko einleiteten. Sehen Sie dieses Café dort? Es ist in die Literatur eingegangen. Von hier beobachtet Stenham, der Schriftsteller in Paul Bowles' Roman *The Spider's House,* das Massaker, und hier trifft er den sechzehnjährigen Ahmad, den zweiten Helden der Geschichte. Bowles ist in Marokko sehr angefeindet worden für diese Geschichte. C'est notre misère intellectuelle, ça! Aber es gibt kein ehrlicheres Buch über diese Zeit, über das Ende der Kolonialherrschaft und die Schwierigkeiten des traditionellen Islam mit der europäischen Überformung; über die Kräfte, die Marokko zerrissen haben und nach wie vor, wenngleich in neuer Gestalt, daran reißen. Einer meiner Verwandten mütterlicherseits ist als Figur in dem Buch verewigt worden, er kommt nicht gut darin weg. Er war ein führender, lange Zeit im Untergrund lebender Journalist der Unabhängigkeitsbewegung. Im Buch wird der junge Ahmad sein Bauernopfer, damit er den Franzosen entkommen kann. In Wahrheit haben sie ihn erwischt und gefoltert. Quand même, il faut lire Bowles.

Der Bus stand schon, während er das erzählte, aber sie durften erst aussteigen, als er seine Rede beendet hatte. Das mittelalterliche Ambiente, das bis dahin wie ein Film oder Diavortrag an ihnen vorbeigerauscht war, verwandelte sich auf einmal in Realität, und als erstes sahen sie einen Esel. Er war schwer beladen mit Gasflaschen. Und dann noch einen und noch einen, und sie alle trugen oder zogen etwas, Säcke voller Kräuter, einen Karren mit gelben Melonen, Zement. Und das war nur der Anfang. Das wahre Reich der Esel begann, als sie das Tor durchschritten hatten, und es endete erst in dem heiligen Bezirk um die Moschee der Kairuaner und das Grab von Idris II., dem legendären Stadtgründer. An allen Zugängen zu diesem Bezirk ist in Kopfhöhe ein Balken angebracht. Fußgänger, erklärte Nassib, konnten ohne den Kopf zu senken, aufrechten Hauptes, den Bezirk betreten. Es war ihr gutes Recht. Aber alle, die glaubten, etwas Besseres zu sein oder tatsächlich etwas Besseres waren und also auf Reittieren saßen, die mußten absteigen und so ihren Respekt vor der Heiligkeit des Orts kundtun.

Die Gäste aber sollten, so die Absicht Nassibs, die Stadt nicht wie gewöhnliche Touristen durch das Tor betreten. Rechts vom Tor, unter einer marokkanischen Fahne, befand sich eine Eingangstür, die laut Aufschrift zur Wache der Touristenpolizei führte. Dort ließ sich Nassib einen altertümlichen, feierlich großen Schlüssel aushändigen. Mit der ebenso feierlichen Erklärung, daß dies eine historisch-kulturelle Stadtbesichtung sei und keine gewöhnliche, schloß er die Türe auf, und sie traten in eine Art Hof ein, der aus mehreren leeren, durch Kanäle verbundenen Becken bestand, beschützt von den hohen Mauern der Stadtbefestigung.

Dies war einst die Herzkammer der Stadt. Seit jeher profitierten die Fassis von ihrer sich gleich einem antiken Theater an den Hang schmiegenden Lage. Das Wasser aus der Hochebene ließ sich von hier aus über ein System von Kanälen leicht auf alle hangwärts gelegenen Häuser verteilen. Doch mit der Einführung moderner Leitungen hat das traditionelle Bewässerungssystem seine Funktion verloren und wird nicht mehr gepflegt. Die Zuflüsse waren versperrt, und die Besucher krochen nun neugierig in den Gängen herum.

Die Kenntnis dieser Kanalisation, erklärte Nassib, ihrer von Generation zu Generation weitergegebenen, weitergeschriebenen und immer aktualisierten Pläne sei von strategischer Bedeutung gewesen, und noch die Franzosen hätten während der mehrfachen Belagerung der Stadt in den Kämpfen um die Unabhängigkeit vergeblich versucht, der Pläne habhaft zu werden, was ihnen, wäre es gelungen, ermöglicht hätte, die Stadt an jedem beliebigen Punkt vom Wasser abzuschneiden und so die Familien, Clans und Viertel gezielt zu erpressen oder gegeneinander auszuspielen. Sein, Nassibs, Urgroßvater sei es gewesen, der diese Pläne nach dem ersten Weltkrieg unter seiner Obhut gehabt habe. Er sei von den Franzosen gefangengenommen und erpreßt worden, damit er die Pläne aushändige. Doch sei er standhaft geblieben.

Mehr verriet Nassib nicht. R. versuchte zu errechnen, um

welche Ereignisse genau es sich gehandelt haben mochte. Nassib selbst ist Jahrgang 1947. Sein Urgroßvater hätte in die Ereignisse nach dem Protektoratsvertrag zwischen Marokko, Frankreich und Spanien, dem sogenannten Vertrag von Fes, verwickelt sein können – dies war im Jahr 1912. Überall, besonders in Fes und Umgebung, kam es zu Aufständen gegen diesen die Macht im Land den Europäern überantwortenden Vertrag. Aber es gelang den Franzosen schnell, die Revolte niederzuschlagen. R. hielt es daher für wahrscheinlicher, daß sich Nassib auf Ereignisse nach dem ersten Weltkrieg bezog.

Der Norden Marokkos, ein etwa 50 Kilometer breiter Streifen an der Mittelmeerküste, bis kurz vor Fes reichend, wurde nicht von den Franzosen, sondern von den Spaniern besetzt und verwaltet – »protegiert«, wie es hieß, beschützt also, nur vor wem, wenn nicht vor den Marokkanern selbst? Die Spanier waren jedoch nicht in der Lage, ihr Gebiet unter Kontrolle zu halten, und die marokkanischen Widerstandskämpfer konnten einen Großteil der spanischen Zone zurückerobern. Als die Aufstände auch auf die französische Zone übergriffen und die Rebellenarmee bis auf zwanzig Kilometer an Fes herankam, griffen die Franzosen ein, vereinigten sich mit den spanischen Truppen und vernichteten die 20 000 Marokkaner mit einer zehnmal so großen, hochmodernen Armee. Gegen die weltkriegserprobte französische Luftwaffe und die neusten Tanks konnten die notdürftig bewaffneten Einheimischen nichts ausrichten. Und da sie keine Gasmasken hatten, waren sie gegen die französischen Giftgasgranaten wehrlos.

Zu den Offizieren, die in der verlotterten spanischen Armee damals zu Ansehen gelangten, zählte der 1892 geborene Francisco Paulino Hermenegildo Teódulo Franco Bahamonde. Bereits mit neunzehn Jahren war er nach Marokko versetzt worden, mit zwanzig war er Leutnant der Reiterei und Befehlshaber einer aus Marokkanern gebildeten Eliteeinheit. In einer von Grund auf heruntergekommenen Armee wurde er schnell für seine Gewissenhaftigkeit und militärische Geschicklichkeit bekannt. Er galt als verschlossen, soll nur wenige Freunde gehabt haben und hielt sich fern von den üblichen Vergnügungen. Ein Bauchschuß, den er im Kampf gegen die Rif-Kabylen erhielt, zwang ihn zur Rekonvaleszenz nach Spanien. 1920 kehrte er als General der spanischen Fremdenlegion zurück. Als er 1923 zum ersten Befehlshaber ernannt wurde, konnten die Marokkaner mit Hilfe der Franzosen zurückgeschlagen werden. Mit Anfang dreißig galt er als Nationalheld.

Als die spanische Monarchie Anfang der dreißiger Jahre der Republik wich und die Armee reformiert wurde, wurde er in den Ruhestand versetzt. Aber schon drei Jahre später durfte er sich bei der Niederschlagung des Aufstands der Minenarbeiter in Asturien erneut bewähren. Als der lange Sommer der Anarchie kam (»ist Franco, sagte R. zu Carima in Rabat, ist Franco nicht eine viel interessantere Figur als alle spanischen Anarchisten, und zumal dieser komische Durruti?« – »Durruti?« fragte Carima, »wer ist Durruti?«), will der kommende Caudillo den Notstand ausrufen. Er wird auf die Kanaren verbannt und wartet, bis die Zeit zur Gegenrevolte reif ist. Spanisch-Marokko ist dann als erstes in der Hand seiner Truppen. Und von Afrika aus, wie es ihm die arabischen Dynastien Jahrhundert um Jahrhundert vorgemacht haben, erobert er nach und nach ganz Spanien. Zu dieser späten Wiederholung eines Musters aus der mittelalterlichen Geschichte Spaniens und Marokkos ist hinzuzufügen, daß Franco bis an sein Lebensende eine marokkanische Leibgarde hatte und daß diese marokkanischen Leibgardisten die einzigen waren, denen er, der alte Spanier, wirklich vertraute.

Je mehr R. in Fes und Rabat von und über Nassib erfuhr, je genauer er zu ahnen begann, wie Nassib und Fes, Nassib und die marokkanisch-andalusische Geschichte ineinander verwachsen waren, und je mehr er in den folgenden, allein verbrachten Tagen sich in Fes hineindachte, es mit Gedanken umkreiste wie der Pilger die Kaaba, desto nötiger schien es ihm, einmal in Ruhe und unter vier Augen mit Nassib zu reden, ihm einerseits zu danken, andererseits die zahlreichen Mißverständnisse aufzuklären. Der Eifer Nassibs hatte den Gästen zu wenig Zeit gelassen, sich zu erklären, und selbst Ammerkohls forsches Auftreten war immer nur ein Dazwischenreden gewesen. Zu vieles war ungesagt und offengeblieben, *notre entretien infini,* hatte es Nassib stets genannt, und es war ja tatsächlich unmöglich, zu einem Ende zu kommen. Doch wozu auch? Wenn R. Nassib noch einmal treffen wollte, so war es nicht, um schlußendlich etwas zu klären, sondern aus Liebe zur Offenheit. Um das, was sich zu schließen droht, für alle Zeit aufzusperren.

Tatsächlich hätte er ihn beinah noch einmal wiedergetroffen. An einem seiner letzten Tage in Marokko kaufte er sich eine Fahrkarte von Casablanca nach Mohammedia, wo Nassib wohnt. Nicht seinetwegen, wie er sich einzureden versuchte, sondern um ein letztes Mal baden zu gehen und allenfalls nebenbei zu schauen, in welcher Stadt Nassib sich niedergelassen hat – um seine Ruhe zu haben, wie er mehrfach betonte.

Die Bahnstrecke zwischen Casablanca und Rabat, mit Mohammedia genau in der Mitte, ist eine Kette auf der Halshaut der Küste, und ihre Perlen sind Öltanks und Raffinerien. So viele sind es, er kann sie nicht zählen. Eine halbe Stunde dauert die Fahrt, dann betritt er Mohammedia durch das Portal einer überdimensionierten, menschenleeren Bahnhofshalle. Es empfangen ihn ein groß angelegter, kaum befahrener Kreisverkehr, eine verlassene Bushaltestelle und schlafende Taxifahrer. Nichts sticht ins Auge, kein Minarett am Horizont, kein Containerkran. Die Sonne schwimmt im schlierigen Eiweiß der Wolken. Jetzt, zur Zeit der Siesta, ist die Ortlosigkeit dieses Ortes vollkommen. Die Polizistin, die er fragt, wo der Strand liegt, ist kaum älter als die Schöne aus der Buchhandlung in Marrakesch, ihr Gesichtsausdruck starr und grob, die blaue Uniform verschlingt den verbliebenen Rest ihrer Weiblichkeit.

Hagere, wie Kämpfer aussehende marokkanische Jugendliche (»Halbstarke«, ein Wort aus seiner Kindheit, fällt ihm da ein) mit freiem Oberkörper, langen Shorts, Badeslippern und winzigen, über die Schultern geworfenen Handtüchern beherrschen die Straße. R. empfindet sie, gesteht er sich, als bedrohlich. Es liegt am berberischen Typ mit den kantigen Zügen, am Alter der Jungs, ihrer berstenden Sexualität. Es liegt an R. selbst, daran, daß er hier auffällt als einziger Ausländer. Und vielleicht daran, daß er sich schuldig fühlt, weil er sich einbildet, womöglich in ein besseres Leben geboren zu sein.

Die Straße weitet sich zu einer Allee mit Palmen auf beiden Seiten. Links liegen Apartmenthäuser, manche schon wieder aufgegeben, andere ganz neu, unbezogen, Villen genaugenommen, während sich rechts ein Feld und eine schilfbestandene Freifläche auftun, und R. erinnert sich an das, was er im Reiseführer gelesen hat, daß die Stadt seit dem 14. Jahrhundert existiere, ein berühmtes Piratennest gewesen sei und später diverse europäische Nationen hier eine Handelsniederlassung gehabt hätten. Trotz einer gut zum Hafen sich eignenden Bucht mit einer weit hinausreichenden Landzunge als natürlicher Anlegestelle sei dem Aufschwung des Ortes wegen der Überschwemmungen des Mündungsflusses, wegen eines ausgedehnten Sumpfgebietes und der Wanderdünen eine Grenze gesetzt gewesen, bis die Franzosen 1912 die Stadt praktisch neu erschaffen hätten, die Sümpfe austrockneten, die Flußmündung eindeichten und die Dünen zubetonierten.

Das Schilf deutet heute noch auf das Sumpfgebiet hin. Ein verlassener und dem Verfall anheimgegebener Hotelkomplex löst den Wildwuchs ab, und schließlich öffnet sich die Allee zur Strandpromenade. R. schlendert an Verkäufern mit Rollwagen vorbei, die Zuckerwatte, Teigkringel, bunte Getränke und Schokoriegel feilbieten, und dann sieht er von der wie auf eine Düne zementierten Strandpromenade die Bucht mit der Landzunge, einen vor Anker liegenden Tanker und den selbst jetzt, bei Flut, weit hinausreichenden Sandstrand.

Es ist dem Sonntag entsprechend voll, doch kein Tourist scheint unter den Badenden. Als er zum Strand hinabgeht, rufen ihm einige Marokkaner etwas nach. Er versteht nicht, was sie wollen, und ignoriert sie. Aber fortan weiß er sich beobachtet, fürchtet auch, etwas falsch zu machen, zum Beispiel eine symbolische Strandgebühr nicht zu entrichten oder den für Familien reservierten Strand zu betreten statt den für Männer und Knaben. Unter diesen Bedingungen sein Vorhaben auszuführen, inmitten all der neugierig Schauenden sich umzuziehen und zu baden, wird Überwindung kosten. Aber er kennt sich. Jetzt erst recht muß er es tun. Er findet eine Stelle für sein Handtuch, wo die Badenden weniger dicht liegen, entkleidet sich und springt ins Wasser. Nicht schmutziger als in Agadir, nur der Wellengang ist flacher. Da er um seine Kamera fürchtet, ist das Vergnügen getrübt, stets schielt er zu seinem Handtuch. Natürlich passiert nichts. Auch mit fußballspielenden Halbstarken ist dies der sicherste Strand der Welt, für ihn, den einzigen Fremden, allemal.

Zurück auf der Strandpromenade setzt er sich auf die Terrasse eines der vielen Restaurants und trinkt einen Pfefferminztee. Als er auf dem Weg zur Toilette in das Restaurant hineingeht, findet er auf der Zwischenetage, wenig romantisch, aber wundervoll unsichtbar plaziert, ein Liebespaar, eng beieinander sitzend, die Hände irgendwo verborgen am Körper des anderen, flüsternd. Er würde gerne an Nassibs Haus vorbeigehen, wenn er eine Adresse hätte. Da er keine hat, gibt es für ihn nichts mehr zu tun.

Er beschließt, denselben Weg wieder zurückzugehen und einen Blick in die Kasbah zu werfen, den alten ummauerten Innenstadtbezirk, an dem er auf dem Hinweg zum Strand vorbeigelaufen war. Nach dem Bad im Meer, dem Spaziergang durch den tiefen Sand und dem salzig sandigen Angewehtwordensein fühlt er Hunger. Als er zur Allee einbiegt, stehen da wieder die Verkäufer mit ihren Wägelchen. Der letzte, an dem er vorüberläuft, harrt seiner Kunden hinter einem rollenden Glasverschlag. Statt einer bunten Fülle, statt der Bonbons, Schokoriegel und Chips, der Flaschen, Fähnchen, Bälle und Badespielzeuge, hat dieser Verkäufer nur eine schwarze Wanne aus Blech voll mit heißem Öl, ein Abtropfsieb und eine Schale mit Teig. Der Verkäufer ist ein alter, sehr hagerer Mann mit einem kleinen weißen Schnurrbart, ohne Zähne, mit einer Haut wie Leder. Ohne daß er sich um die Vorbeigehenden zu kümmern scheint, wartet er regungslos hinter seinem Verschlag.

R. ist im Begriff, auch an diesem Stand vorüberzueilen, aber dann, vom Anblick gerührt und seines Hungers inne, besinnt er sich und kehrt um. Einen dieser Teigkringel möchte er kosten, auf die Gefahr hin, sich am alten Öl den Magen zu verderben. Indessen, es riecht sehr gut aus dieser rollenden Bäckerei. Ein Preisschild oder eine Beschriftung, die das Verkaufte benennt, gibt es nicht, und er braucht nichts zu sagen, es genügt, daß er sich vor das Wägelchen stellt und den Alten anblickt, um seinen Wunsch erfüllt zu bekommen.

Den frisch angerührten, weißen Teig legt der Alte (und er wirkt dabei wie ein Fakir) in Form einer kleinen Wurst in das Öl, das von einem Bunsenbrenner erhitzt wird. Leise fängt es an zu brutzeln. Nach wenigen Sekunden bildet der Teig eine helle braune Kruste aus. Schnell wird sie dunkler, geht ins Rötliche, Rotbraune, und schließlich ist sie braun-violett. Mit einer primitiven Zange aus altem Draht hebt er die Wurst aus Teig heraus, biegt sie zu einem Kreis und legt ihn kurz auf das Abtropfsieb. Schließlich bettet er den fertigen Kringel in zwei Lagen eigens dafür zurechtgeschnittenen Papiers und streckt ihn durch den Verschlag. R. fühlt die Hitze des Teigs durch das

Papier und reicht dem Alten im Gegenzug eine zwei Dirhammünze, zwanzig Cent, unsicher über den Preis und inständig hoffend, dem alten Mann nicht zu wenig zu geben. Die Furcht ist unbegründet. Der Mann kramt in einer Pappschachtel mit Kleingeld, findet einen Dirham und reicht ihn herüber. Dann nimmt er einen weiteren halben und gibt ihm auch diesen. Aber der Kringel kostet noch weniger, keine fünf Cent, und der Alte sucht weiter in seiner traurigen Kasse. Sofort wird ihm die Würde klar, die dieser Mann ausstrahlt in all seiner Armut. Ihn aber, R., übermannt die Scham, und er fragt sich, warum er hier steht, als wolle er den Mann testen.

R. nickt daher eilig mit dem Kopf und geht fort, benommen von der unvorstellbaren, ihn zutiefst anrührenden Winzigkeit des Preises. So billig! So gar nichts kostend! Wie kann der Alte nur davon leben? Sicher, zwei oder drei Cent hat R. ihm erlassen. Aus Sicht des Alten immerhin der Gegenwert eines Kringels. Aber aus seiner Sicht, was? Wenigstens den halben Dirham, den hätte er ihm, wenn er nur Anstand besäße, doch lassen sollen. Wenigstens das, wenn nicht gleich das zwei Dirhamstück, denkt er, während er den mittlerweile angenehm warmen, überaus appetitlich duftenden Kringel an die Lippen führt. Hineinbeißt. Knusprig und weich, von perfekter, leicht dehnbarer Konsistenz, hautwarm, Menschentemperatur, eine echte Berührung. Welch ein Genuß, da hineinzubeißen! Salzig und süß, die richtige Mischung. Den zweiten Bissen sofort hinterher. Nie hat er einen leckereren, sinnlicheren Kringel gegessen, überhaupt nie einen derartigen. Und wann je einen so billigen? Was Carima wohl dazu sagen würde?

Aber die Scham über den Preis läßt nicht nach. Dieser Kringel, weiß er, hat er am eigenen Leib, im eigenen Mund erfahren, ist mindestens zwei Dirham wert, gut und gerne auch fünf, und hätte er ihn daheim in Deutschland gekauft, er hätte sich nicht beschwert, einen ganzen Euro dafür zu bezahlen, und hätte gleich den zweiten dazugekauft. Hier dagegen hat er dem Verkäufer nicht einmal 10 Cent geben wollen, oder doch wollen, aber nicht können, weil alles so schnell ging und er nicht wußte, was richtig war, wie er sich richtig verhalten sollte, und bis er begriffen hatte, was vorging, hatte er schon anderthalb Dirham zurückerhalten, redet er sich nun heraus, und hätte das Geld schlecht zurückreichen können. Auch umkehren, denkt er, um einen weiteren Kringel zu kaufen, das geht nicht. Würde es nicht allzu heißhungrig scheinen? Zwei Kringel hintereinander verschlingen, wie sieht denn das aus? Und zugleich weiß er, daß es überhaupt keine Rolle gespielt und der Alte ihm den zweiten Kringel mit derselben Seelenruhe verkauft hätte wie den ersten.

Also geht er weiter und steigert seine Schuld, statt sie wettzumachen, kauft keinen neuen Kringel und gibt kein größeres Trinkgeld, aus wer weiß welchen Gründen, aus Scham, aus Bequemlichkeit gar? Läuft touristenstur weiter, verpaßt die Gelegenheit, dem Alten einmal, heute nur, Gerechtigkeit widerfahren zu lassen, einmal ihm und allen Marokkanern das zu zahlen, was R. fairerweise bezahlen sollte. Aber er geht weiter, einfach weiter, fortgetragen von ungehorsamen Füßen, gegen seine Überzeugung und sein Gewissen. Gegen seine Überzeugung? Aber nein, er hat ja keine. Er weiß einfach nicht, was das richtige Verhalten wäre. Das stürzt ihn in tiefe, dem Anlaß nicht gerade angemessene Verwirrung. Das Koordinatensystem ist ihm abhanden gekommen, der Automatismus des Handelns und Urteilens, der ihn sonst über die unmöglichsten Situationen rettet. Das moralische Betriebssystem hat sich aufgehängt. Er schaut auf den Bildschirm zum letzten, eingefrorenen Gedanken: In die Kasbah zu gehen hatte er sich vorgenommen. Warum das nicht auch tun, obschon er jeden Bezug zu seiner Absicht verloren hat?

Er läuft an Keramik-, Blumen- und, ja, sogar Bücherständen vorbei, die sich an die Mauer der Kasbah lehnen. Zwischen den Ständen öffnet sich die Mauer auf einmal zu einem Portal, einem Torbogen unter einem nicht sehr hohen, weiß getünchten Wehrturm. In dem vom tiefen Durchgang gebildeten Raum, auf dem Lehmboden hockend, auf einen Stock gestützt, an die Wand gelehnt, sitzen die Bettler und stochern mit ihren Spießruten aus Bettelformeln und Koranversen nach den Eintretenden. Sie sehen elend aus wie wenige, die R. gesehen hat. Todkrank und völlig verdreckt, muten sie eher wie alte, unzurechnungsfähige Trinker auf den Straßen Deutschlands an, nicht wie die stets einen Rest von Würde wahrenden hiesigen Bettler, oft verrückte und geisteskranke gewiß, doch nie Säufer, Süchtige, sich selbst vernichtende. Diese aber sehen tatsächlich wie Säufer aus und sagen nicht nur ihre Verse auf, sondern grölen, schimpfen und pöbeln. Er eilt hindurch und nimmt sich vor, auf dem Rückweg, gegen seinen Ekel, zum Ausgleich für den Kringelverkäufer, einem dieser Bettler einen Dirham in die Hand zu legen.

Hätte er Nassib, fällt ihm jetzt ein, nicht doch anrufen sollen? Während er durch die unspektakuläre Marktstraße schlendert, kommt er sich vor wie einer, der in der Wohnung eines abwesenden Freundes herumschnüffelt. Die Straße öffnet sich auf einen schmalen, länglichen Platz mit lauter Garküchen und einfachen Restaurants. Jetzt am frühen Nachmittag ist die Hauptessenszeit vorbei, und viele Tische sind frei, die Kellnerjungen machen den Abwasch, putzen die Tische, rücken schon für den Abend die Stühle zurecht, und natürlich entdecken sie ihn sofort, wollen ihn an ihre Stände locken. Ungerührt, höchstens mit einem verneinenden Hochrecken des Kinns ablehnend, schreitet er über den kleinen Platz. Ihm gefällt die Stimmung der geschäftigen Jungs, die mit einer wahren Freude hier zu arbeiten scheinen, jetzt sogar etwas übereifrig, ameisenhaft sich zu erledigende Dinge ausdenkend und alles versuchend, um ihn, den an diesem Mittag letzten möglichen Kunden, für sich zu gewinnen.

Doch aus seinem Zentrum geschleudert, wie er sich seit dem Erlebnis mit dem Kringelverkäufer fühlt, kommt er sich von ihnen verächtlich behandelt vor, zu wenig ernst genommen, zum Objekt von Kellnerbegierden degradiert, als eben der Tourist angesehen und behandelt, der er ist und bleibt und nicht sein will. Aber schon hat er die Kasbah durchlaufen, drückt dem Bettler, den er erwählt hat, dem abstoßendsten, den vorgesehenen Dirham in die schorfige Hand und eilt weiter zum Bahnhof. Das also ist Mohammedia, sagt er sich, als er im Zug zurück nach Casablanca sitzt. Dort also wohnt Nassib. Er kann es nicht glauben.

Erst viel später, als er über diese Episode nachdenkt, versteht er, daß es den Kellnern, ja vielleicht allen Kellnern überall in Marokko, nie darum gegangen ist, ihm ihre Gerichte zu verkaufen, weil er als Tourist reich ist und leicht übers Ohr zu hauen. Vielleicht ist er das alles, doch in Wahrheit ging es ihnen und allen anderen, die ihn ansprachen und zum Kunden haben wollten, immer zuerst darum, ihn als *Gast* zu haben, besonders hier in Mohammedia, wohin es keinen Ausländer je verschlägt. Um Geld ging es nur nebenbei. Die Jungs konkurrierten um die Ehre, einen solch seltenen Gast zu haben. Einen Menschen aus dem legendären Europa. Einen Fremden. Aber zu diesem Zeitpunkt verstand R. das nicht.

Nach Nassibs Exkurs über Sklavenhalterei und dem reichhaltigen Essen im Prunksaal traten sie mit schweren Schritten durch die Höhle voller Teppiche aus dem Palais Tasi heraus, und an der Straße wartete bereits der Bus. Der Besuch in Fes, so dachten sie, endete jetzt. Aber der Rückweg vollzog sich in Raten. Als sich der Bus aus dem inneren Stadtbezirk hinausgewunden hatte, ging es auf und ab durch belebte Straßen, bis sie, ohne das Gefühl zu haben, weit gefahren zu sein, an den Stadtrand kamen, wo sich Hütten, Gewerbegebiete und Obstgärten abwechselten. Mitten darin hielt auf einmal der Bus, und sie wurden zum Aussteigen aufgefordert, keiner ahnte, warum und was es hier zu besichtigen gebe. Ein säuerlicher, zugleich würziger Duft schlug ihnen entgegen, als sei eine große Menge Weins in der Nähe verschüttet worden. Aus den flachen Gebäuden vor ihnen – kein Schornstein weit und breit – stieg auf einmal dicker, schwarzer Qualm auf. Sofort wurde der Geruch durchdringender, und bald empfanden die meisten ihn als Gestank. Haufen von Splittern und Scherben türmten sich neben der Straße.

Nassib führte sie in das Gelände hinein, und jetzt sahen sie auch, was die Ursache für den Geruch war. Dort lagerte in dunkelbraunen, violetten Haufen die Maische, die nach dem Pressen von Oliven übrigbleibt. Sofort verliebte sich R. in diesen säuerlich erdigen Geruch. Als sie in die Haufen hineingriffen, setzte sich die ölige Masse in den Rillen und Linien ihrer Hände fest. Sofort nahm die Haut eine dunklere Farbe an, und es schien, als würden sie durch die Berührung mit dieser Maische zu Einheimischen werden, mehr und anders, als sie es durch das Sprechen der Sprache, durch die Verinnerlichung von Nassibs Worten, durch die Bekehrung zum Islam oder sonst eine geistige Annäherung je hätten werden können. Und bis sie nach Rabat zurückkamen und sich im Hotelzimmer minutenlang unter heißem Wasser mit viel Seife die Hände schrubbten, blieben sie diese Einheimischen, hafteten Farbe und Geruch ihnen an.

Riesige Krüge aus gebranntem Ton standen auf dem Gelände herum, die steinernen Wächter und Muezzine der hier produzierten Ware. Wieder stieg ganz in der Nähe ein Schwall schwärzesten Qualms auf, verdunkelte wie eine Sonnenfinsternis die Umgebung und zerstob nach kaum einer halben Minute, nur in den Nasen blieb etwas davon sauer und brenzlig zurück. Die Manufaktur, die sie besuchten, war ein reiner Handwerksbetrieb, Maschinen oder automatisierte Abläufe gab es nicht. Das Tonhandwerk, lernten sie von Bennis, sei ein alter, für Fes wichtiger Wirtschaftszweig.

Als sie wenig später nach kurzer Fahrt auf der Ringstraße um die Stadtmauer bei den ausgedehnten Hügeln der Gräberstadt ankamen, wahrlich eine Banlieue nur für sich, seit alters her von Toten bewohnt (»Vorortaufstände wie in Paris«, machte Grober seinen letzten Witz in Fes, »gibt's hier nur am Tag des Jüngsten Gerichts!«); und als sie durch die von erregten Schwalben in den Himmel gravierten Arabesken auf die Stadt hinabblickten, sahen sie über das Tal hinweg, in das sich Fes wie eine weiße Katze hineinschmiegt (und ihre Augen sind die grünen Dächer der Kairuaner Moschee), an verschiedenen Stellen ein Aufglühen. Es war die nach oben schießende Glut aus den Öfen der Töpfereien, und gleich auf die Glut folgte stets der fette, schwarze Qualm, der den dämmernden Horizont wabernd noch einmal dunkler tönte.

Die Öfen, hatten sie da bereits gelernt, wurden mit der Olivenmaische befeuert, in die sie ihre Hände getaucht hatten. Es war das billigste, reichlich vorhandene und laut Nassib auch beste Brennmaterial, sah man einmal von dem Qualm und Geruch ab, den es verursachte. Was für eine Umweltverschmutzung! Krebserregend! war aus dem Mund so mancher der Gäste zu vernehmen. Die Schwärze und Schärfe des Rauchs schienen für sich zu sprechen. Allein Carima widersprach und stellte die nicht minder gewagte Behauptung auf, daß bei der Verbrennung des Tresters, einem reinen Naturmaterial, wohl kaum so viele und so bösartige Giftstoffe auftreten könnten wie bei den ungleich zahlreicheren Autoabgasen in Mitteleuropa, so katalysatorversüßt sie auch sein mögen.

Gleich wie es sich damit verhielt, R. war überrascht, daß der Umweltschutz und die mutmaßliche Gefährdung der Arbeiter durch die Giftstoffe das erste war, was seinen Kollegen zu dem Schauspiel, das ihnen geboten wurde, in den Sinn kam; fast als würden sie die Schönheit nicht sehen, die aus allem hier sprach, oder sich wehren dagegen, verwahren. Die Schönheit kam von der Wenigzahl der herrschenden Farben, dem violetten Schwarzbraun des Tresters und dem lichten Hellgrau des tönernen Schlamms, der sich, zu feinstem Staub getrocknet, auf die Oberflächen legte und sich mischte mit dem Hellbraun der Haut der hier Arbeitenden zu einem dunkleren Grau.

Indem sie das Gelände betreten hatten, waren sie in eine unbekannte Dimension eingetaucht, einen anderen Seinsbereich, die Graustufenwelt, ein sich dem älteren Leben, nicht einer veralteten fotografischen Technik verdankendes Schwarzweißbild. Eine auf diesem Gelände gemachte Farbfotografie würde sich nämlich in nichts von einem Schwarzweißbild unterscheiden, es sei denn zufällig wäre ein bemalter Tonsplitter mit aufs Foto gekommen oder in den Öfen die leuchtende, unverkäufliche Apfelsine der Glut. Zu diesem Gefühl, in ein Foto aus früherer Zeit gelangt zu sein, trugen nicht nur die Farben und vormodernen Arbeitsbedingungen bei, sondern auch der Geruch, wie wenn man ein modriges Buch aufschlägt.

Hatten die gebildeten Gäste aus Deutschland auch wenig Sinn für diese Schönheit, so waren sich die Betreiber der Werkstätten der Wirkung bewußt und gaben das Gelände zur Besichtung frei. Die zur Töpferei gehörige Ausstellungshalle, nichts anderes als ein großer Laden, lag nicht an der Straße, wo man sofort hätte hineingehen und kaufen können, sondern war verkaufsfördernderweise erst nach einem Gang durch die Werkstätten zu erreichen.

Nassib unterhielt sich mit dem Vorarbeiter oder Werksleiter, dann führte er sie in einen großen, dunklen, schmutzigen Raum. Gefäße aus ungebranntem Ton standen herum, sonst war der Raum leer. In einer Ecke aber saß hinter einem tischartigen Gestell ein junger Töpfer an seiner Scheibe. Mit seinen feingliedrigen Händen vollzog er Bewegungen von geheimnisvoller Rhythmik, und mit dem rechten Fuß trat er auf ein breites, im Boden verankertes Rund aus Holz, welches über eine nach oben führende Stange das Töpferrad auf seinem Tisch zum Rotieren brachte. Es sah aus, als wolle er mit dem rechten Fuß fortwährend etwas über den Boden schieben, während er mit dem linken nach Bedarf bremste. Dies war der simpelste, wirkungsvollste Mechanismus, den man sich denken konnte, und die Kunstfertigkeit bestand darin, die Scheibe in der jeweils erforderlichen Geschwindigkeit zu halten. Dabei war der Töpfer, gleich einem Musiker, ganz auf sein Gefühl angewiesen; ob es stimmte oder nicht, ließ sich nur an der Ware selber ermessen.

Dieser Töpfer, wie alles ringsum mit Ton bespritzt, mit schönen nackten Armen, muskulös, doch eher feingliedrig als muskelbepackt, wachte wie ein Gott über die wundersam aus seiner Scheibe aufsteigenden Gebilde. Es sah aus, als würden sie von allein aus dem Nichts hinauswachsen in den Raum und als bestünde seine, des Töpfers, Aufgabe in nichts anderem, als das Geschehen zu kontrollieren, hie und da korrigierend einzugreifen und den Vorgang dann, wenn er es für richtig hielt, abzubrechen, indem er seine Geschöpfe mit einem Draht von den Wurzeln abschnitt, die sie speisten, und selbst diese Strangulation, während immer die Scheibe weiterlief, die Füße weitertraten, bildete mit dem ständigen Streicheln und Befeuchten des Tons einen Vorgang von vollendeter Harmonie. Indes die nassen grauen Wesen aus dem Nichts aufstiegen, befand sich alles in einem ununterbrochenen Fließen, und noch der Griff der Hand in die Wasserschale und das Beiseitesetzen des frisch gekappten Gefäßes zählten dazu, fügten sich ein.

Durch sie, die Zuschauer, ließ sich der Töpfer nicht ablenken, selbst als die Frauen der Gruppe, ja schließlich sogar die Männer, über das Wundersame des Vorgangs und die körperliche Wohlgestalt des Töpfers in begeisterte Ausrufe verfielen und französische Komplimente machten. Der junge Mann blieb ungerührt und strahlte die ganze Zeit über eine vollendete Hingabe und Konzentration aus, eine unerschütterliche Selbstsicherheit sowie das Bewußtsein, das Handwerk perfekt zu beherrschen und in dieser Beherrschung sich auch ganz zu erfüllen, in sich zu ruhen, bei sich zu sein, seinem Wesen so und nur so gerecht zu werden. Und es war ja auch, ahnten die Geistesarbeiter da, ein fast vollkommenes Tätigsein, Körper und Geist, Können und Kreativität gleichermaßen fordernd.

Der junge Mann gehöre, so erklärte Nassib, zu einer Töpferfamilie, die dieses Gewerbe seit Generationen weitergebe, auch sein Vater und seine Brüder seien als Töpfer tätig, allesamt für ihre Geschicklichkeit berühmt und hoch angesehen. Als vor wenigen Jahren der Philosoph Jacques Derrida von ihm, Nassib, durch Fes geführt worden sei, habe er den älteren Bruder dieses Jungen bei der Arbeit gesehen und sei so begeistert gewesen, daß er einen Text über ihn hinterlassen habe.

Als R. einige Zeit später den Versuch unternimmt, über Fes zu schreiben, schickt er an Nassib eine E-Mail mit einigen ihre Erlebnisse betreffenden Fragen, darunter diejenige, wo der erwähnte Text von Derrida veröffentlicht sei. Nassib, gerade in Turin weilend und für einen italienischen Verlag eine Auswahl arabisch-andalusischer Dichter zusammenstellend, antwortet postwendend. Die Hommage an den Töpfer von Fes sei in Derridas Buch *Voyous* abgedruckt.

Als er das Buch eine Woche später in der Hand hält, sucht er lange nach der Beschreibung des Töpfers, und da er beim Blättern nichts findet, liest er es kapitelweise durch. Das Wort *Voyou,* das für ihn, warum, weiß er nicht, Assoziationen an einen Schelm, einen Schlingel, eine zwielichtige, aber nicht wirklich gefährliche Person weckt, ist in Wahrheit nichts anderes als die französische Übersetzung des englischen *rogue,* Schurke – ein Wort, das für ihn auch auf deutsch so alt wirkt, daß es bereits die Möglichkeit einer gewissen schurkischen Liebenswürdigkeit beinhaltet.

Kapitel für Kapitel zerlegt Derrida, ausgehend von einer Analyse des Begriffs der Schurkenstaaten, die Rhetorik der Demokratie, ohne sich doch, wie seine großen Vorläufer Nietzsche und Heidegger es getan hätten oder taten, auf das Anti-Demokratische festzulegen. Jeder Schluß, jedes Ergebnis, so scheint Derrida sagen zu wollen, ist ein Kurzschluß, ist zu kurz gedacht, hat zu früh aufgehört mit dem Denken, greift zu kurz, kann der absoluten Gerechtigkeit, die der Philosoph sich zum Maßstab nimmt, nicht genügen.

Schließlich kommt die Stelle, an der Derrida über den Töpfer von Fes spricht. »Ah«, ruft der Philosoph aus, »le tour! Soit dit en confidence, j'aime de mille façons l'image du potier ... im Vertrauen gesagt, ich liebe auf tausend Weisen das Bild des Töpfers und seine Kunst, das Bild dessen, der mit Drehungen und Windungen seines Körpers den Ton wie einen Turm hochzieht und höhlt und formt, ohne sich (oder ihn) der automatischen Rotationsbewegung zu unterwerfen; der gegenüber der Rotation so viel Freiheit wie möglich bewahrt, der mit seinem ganzen Körper, mit Füßen und Händen mit der Maschine spielt und dabei die Kunst des Bildhauers, aber auch des Architekten und Komponisten ausübt, welcher dem Stoff Höhenunterschiede, Farb- und Tonveränderungen, Variationen des Rhythmus, Beschleunigungen oder Verlangsamungen (*allegro* oder *presto, adagio* oder *lento*) aufprägt oder gewährt in einem Raum, der letztlich ebenso klangvoll tönt wie eine musikalische Transposition oder ein artikuliertes Wort. Denn als Bildhauer oder Architekt ist der Töpfer nacheinander auch Dichter und Musiker, Rhetor oder politischer Redner, ja sogar Philosoph. Ende der vertraulichen Mitteilung.«

Anders als es Nassibs Angaben vermuten ließen, erwähnt der Philosoph mit keinem Wort, daß es sich um einen Töpfer in Fes handelt, ja überhaupt um einen bestimmten. Derrida spricht lediglich von der Kunst des Töpfers im allgemeinen, und es ist merkwürdig, daß Nassib mit unerschütterlicher Gewißheit davon auszugehen scheint, derjenige Töpfer, den Derrida beschreibt, sei ausgerechnet der, den er ihm gezeigt habe.

Könnte aber Nassib nicht vielleicht recht haben? Hat Derrida mit Fes nicht eine größere Schnittmenge gemein als nur den Besuch in der Töpferei? Auch er ist Nordafrikaner. Auch er ist, wie Ibn Khaldun, wie Ibn Arabi, wie Moses Maimonides einer von jenen gewesen, die die islamisch-christlich-jüdische Geschichte am eigenen Leib erlitten haben, ein Flüchtling, ein Entrechteter. Säkularisierte Christen waren es, Franzosen, die in einem arabisch-islamischen Land, Algerien, in einer vom damaligen Deutschland geförderten und inspirierten Geisteshaltung die Gesetze erlassen haben, die Jacques Derrida, den französischsprachigen algerischen Juden, in der Sexta aus dem Unterricht im Gymnasium ausschlossen und ihm wie allen jüdischen Algeriern von Vichy aus die französische Staatbürgerschaft aberkannten.

Angesichts all dessen fällt es auf, daß Derrida nur ungern über die nordafrikanische Epoche in seinem Leben gesprochen hat und sich ebensowenig äußern wollte zur Frage der französischen Kolonisation Algeriens, die ihn als Studenten im Paris der fünfziger Jahre sicher beschäftigte. Auch die Konfrontation mit der islamischen Welt hat er wenig thematisiert, obwohl sie ihn als Juden und gebürtigen Algerier stärker getroffen haben dürfte als andere, die weniger dazu zu sagen hatten und mehr darüber sagten.

Und es verwundert, daß Derrida sich nicht näher mit den mittelalterlichen arabischen Denkern beschäftigt hat, sich zu kaum einem arabischen Text äußerte, obwohl ihm, der in der jüdischen Gelehrsamkeit so sehr heimisch war, doch nicht entgangen sein kann, wieviel diese den Arabern verdankt, daß noch Maimonides auf arabisch schrieb und daß das, was er dachte und schrieb, ohne die arabischen Philosophen und Theologen nicht denkbar gewesen wäre.

Wenn nun ausgerechnet in *Voyous,* einem seiner letzten Werke, die Spur der Araber und des Islam zu finden ist, des Nachdenkens über sie, dann scheint Nassibs Gewißheit, daß der Töpfer in *Voyous* der Töpfer von Fes ist, nicht mehr so abwegig. Es kann nur dieser Töpfer gemeint sein, dieser aus demselben unerbittlich französisch geprägten Nordafrika, dem auch Jacques Derrida entstammt. Dieser Töpfer ist nicht allein

»Bildhauer und Architekt, Dichter und Musiker, Redner und Philosoph«, wie Derrida seinen Lesern offenherzig (»sois dit en confidence«) anzuvertrauen vorgibt, sondern vor allem auch das, was der Philosoph nach Schurkenart verschwiegen hat: Araber.

Sechste Umkreisung

Siebte Umkreisung

Später Nachmittag. Mit einem Buch unter dem Arm taucht er aus der Büchertiefgarage auf. Die ersten Schatten haben ihre Schleusen geöffnet, und langsam versickert die Hitze. Achtlos geht er an seinem Hotel vorüber. Zäh, zweispurig in beide Richtungen, der Verkehr. R. verharrt auf der Stelle, als wolle er die Windrichtung fühlen. Der stärkere Sog, die größere Dichte weisen nach rechts. Cardo maximus südlich zum Forum. Dorthin wendet er sich, entschlossen, das Ankommen in Marrakesch auszukosten und gemächlich zu Fuß in die Stadt zu gehen. Allzu weit kann der Mauerring um die Altstadt nicht entfernt sein. Dorthin möchte er, heute die alte Mauer nur sehen und dann am nächsten Tag in aller Ruhe die Medina erkunden. Nachdem er eine halbe Stunde gegangen ist und drei vielbefahrene Kreuzungen überquert hat, beginnt er zu zweifeln, ob der Weg stimmt. Dennoch, fragen möchte er nicht. Marrakesch will er mit sich allein ausmachen.

Er blickt auf den Boden, als ließe sich dort die Richtung lesen. Auch hier derselbe Bürgersteigbelag wie in allen arabischen Städten, wenn er auf das Gehsteigpflaster schaut, geriffelte Steinplatten, zwanzig mal zwanzig Zentimeter im Umfang, die er identisch in Damaskus und Aleppo, in Beirut und Amman, in Kairo, Alexandria, Algier und Tunis gesehen hat. Nun sogar in Marrakesch! Von der panarabischen Idee ist nichts als der Bürgersteigbelag geblieben. Das, was alle mit Füßen treten.

Neubauten umzingeln ihn, Rohbauten, Baustellen, Absperrgitter, Wellblechmauern, Plastiknetze, jeweils im selben Ton, vererbt wie eine Hautfarbe von den ältesten Bauwerken am Ort. Ein Ton zwischen Rostrot und Ocker, selbst der nackte Gußbeton ist zur Straße hin notdürftig rostrot verputzt. Leere Fensterhöhlen in sechs- bis achtstöckigen Häusern, je neuer, desto höher. Unlängst eingesetzte Spiegelglasfenster, während im Erdgeschoß noch die Läden und Türen fehlen. Jedes zweite Haus so, und die übrigen wirken wie frisch bezogen. Noch jetzt am frühen Abend drehen sich die Kräne, speien die Betonpumpen ihren grauen Schlamm in die Welt, schleudern die Mischmaschinen, hämmern die Bohrer. Aus allen Wänden ragen die Stahlstreben, wie gemacht dafür, die Köpfe zukünftig Hingerichteter aufzuspießen.

Wer investiert hier, wer schreibt diese Stadt neu und tilgt, die, die einst war, vom Erdball, nachhaltiger als jeder Krieg? Mag die Altstadt geschützt sein, wie er gelesen hat, ob es stimmt, ist eine andere Frage, hier in der Neustadt tobt – wo verdientes? – Kapital sich um so entfesselter aus. Welche Konzerne stecken ihr Geld da hinein? Wessen Euros, Dirhams, Dollars, Rubel, Yuan oder Yen werden hier in Beton und Stockwerke umgewandelt, nur um noch mehr Dirhams und Dollars und Euros und Rubel und Yen und Yuan zu erschaffen? Auf seinem Weg sieht er die Schaukästen unzähliger Maklerbüros. Die Wohnungen in Marrakesch sind teurer als in Berlin.

Er hat ein gutes Gedächtnis für Orte. Diese Gebäude und

Straßen hat er nie gesehen. Zugleich weiß er, daß er hier gewesen ist. Eine der Kreuzungen, die er soeben überquert hat, muß auf dem Weg von der Jugendherberge zur Medina liegen. Rein geographisch betrachtet war er hier, das steht fest. In der Realität der Erfahrung war er nie hier, wenn *hier* das ist, was einen Ort bestimmt, was ihn charakterisiert und zu dem macht, was wahrhaft *hier* genannt zu werden verdient, mehr ist als bloß eine Koordinate in einem Netz aus Breiten- und Längengraden.

Bald überkommt ihn die Empfindung, unsichtbar zu sein. Ausgelöst von der Aufhebung des *Hier*, von der Unangebrachtheit und überfallartigen Sinnlosigkeit dieses Wortes, gaukelt sie ihm vor, substanzlos und unverletzlich zu sein, als könne ihn nichts mehr wirklich berühren. Gefährlich nah läßt er den Verkehr an sich anbranden, überquert achtlos die Straßen, wird einige Male fast angefahren. Obgleich er alles wahrnimmt, geht nichts in ihn ein. Mit dem Hier hat das Ich sich verflüchtigt, er ist nichts als eine Folie reiner Wahrnehmung. Die Realität, die ihn umgibt, hat weniger Eindringlichkeit als ein Kinofilm. Wer einen Film sieht, mag weinen, sich erschrecken. Nichts dergleichen, fühlt er, könnte ihm jetzt geschehen. Es ist wie das Gehen auf einem der Laufbänder in großen Flughäfen zwischen weit auseinander liegenden Gates, in der Pariser Metro zwischen entfernten Bahnsteigen derselben Station. Wenn man vom Laufband auf die Gehenden schaut, ist es, als befände man sich in einer anderen Sphäre, einem schnelleren Zeitkanal. Das Laufband in Marrakesch beschleunigt ihn nicht, sondern läuft ihm entgegen. Ein Fortkommen schwer wie im Traum.

Wer in einen solchen Zustand gerät, merkt es selten unmittelbar. Eine Weile hält er es für normal. Und wenn er erkennt, daß es normal nicht sein kann, neigt er dazu, so zu tun, als ob es dies sei. Die Bürgersteige sind breit, schmucklose Arkaden mit Läden darin vertiefen den Weg bis unter die Häuserfronten, dort die Schaufenster von Banken, Reiseagenturen, Büros, kein Haus älter als ein paar Jahre, und doch die älteren bereits abgenutzt, baufällig, aufgegeben.

Die Arkaden öffnen sich zu einer mehrstöckigen Einkaufspassage, Rolltreppen glitzern in Chrom und spiegeln nur Leblosigkeit. Denn die Passage steht leer, abgesehen vom Zeitungsstand unten, aber nicht bezugsfertig leer, sondern aufgegeben. Er geht hinein und entdeckt Spuren des Gebrauchs überall, beschmutzte Teppichböden, herunterhängende Kabel, Überreste von Beschriftungen. Im ersten Stock werden zwei Räume genutzt, eine Computerwerkstatt ist da und nebenan, in einem tiefen Raum mit getönter Glasfassade und Blick auf den Boulevard, ohne daß man von der Straße hineinsehen könnte, ein Internetcafé. Eng sitzen die Surfenden nebeneinander, oft zwei an einem PC, und in der Mehrheit sind es junge Frauen, ja Mädchen.

Er blickt hinein und weiß einen Moment lang nicht, wo er ist. Wenn er den Raum beträte, käme er nach Teheran oder Isfahan. Doch schon kippt das Bild. Er befindet sich jetzt in der vielstöckigen Einkaufspassage unter den Petronas Towers in Kuala Lumpur. Kaum hat er das erkannt, zweifelt er, ob es Abu Dhabi ist oder Accra. Kann sein auch Karachi. Tant pis! Überall gleichgroß ist die Versuchung, sich dazuzusetzen und einer von ihnen zu werden, sich dieser neu entstandenen

Spezies anzuschließen, den Usern, krummrückigen, allein die Finger bewegenden, mit langem Hals auf eine leuchtende Fläche starrenden Wesen.

Er hält der Gravitationskraft, die von diesem Phänomen ausgeht, stand und läßt seine elektronischen Briefe für einen Tag ungeöffnet. Die übrigen Stockwerke, belehrt ihn ein Blick, sind gänzlich verlassen, und indem er den Boulevard betritt, geht er weiter auf dem Laufband in seiner ureigenen Zeit. Nach wie vor ist es warm, doch Wolken sind aufgezogen, Dämmerungswolken mit glimmenden Rändern, die Sonne, unsichtbar zwischen den Häusern, dürfte knapp über dem Horizont stehen. Seine Uhr zeigt halb acht. Er nimmt die Stadt wie durch einen Dunstschleier wahr – Hitze, die sich verflüchtigt, Abgase und Feuchtigkeit aus Wolken und Pflanzen vor dem Einbruch der Nacht. Es ist, als hüllte ihn jemand ein in ein weiches und dämpfendes Material, selbst die Häuser, die Palmen, die Gesichter der Menschen zählen dazu, alles leuchtet durch diese Art Nebel zu ihm hindurch.

Und da, zwei Steinwürfe vor ihm, leuchtet auch die schwere alte Mauer zu ihm hin, mit ihrer Haut aus Lehm, milchkaffeefarben, eine lebende Stadtmauer, mehr Tier als Stein, eine versteinerte Schlange der Vorzeit. Wo die vierspurige Straße in die Medina hineinführt, ist das uralte Tier in der Mitte gespalten und mit Macht auseinandergedrückt. Selbst am Durchbruch aber ist die Mauer erhaben, ein Wink und ein Gruß aus einer anderen, schöneren Zeit, von einer Massivität, einer inneren Schwere, die die Gebäude, an denen er eben vorbeigelaufen ist, trotz ihrer Neuheit zu Bruchbuden degradiert.

Innerhalb des Mauerrings, erkennt er durch den Dunst im

Aufflackern der Laternen, liegt zu beiden Seiten der Straße ein aus hohen Palmen und niedrigen Ziersträuchern gebildeter Park. Durch die offenen Stümpfe der Mauer in den Bereich der Medina zu treten ist eine Art von Ankunft. Auch der Verkehr stört nicht.

Gleichwohl verwirrt ihn, daß er selbst diesen Park und dieses Teilstück der Mauer nie zuvor gesehen hat. Er war überzeugt, in jener einen Woche, die er vor zwanzig Jahren in Marrakesch verbracht hatte, bei seinem stundenlangen, rastlosen Umherwandern die ganze Stadt kennengelernt zu haben. Nun spürt er, wie er das Vertrauen in das verliert, was er damals sah und erlebte – alles Einbildung? Und falls ja, wieweit kann er überhaupt der Erinnerung trauen? Was gaukelt sie ihm womöglich noch alles vor? Durch Marrakesch zu gehen, so wie er es tut, mit einer Fülle von Erinnerungen im Kopf, denen nichts mehr entspricht, ist ein Gang über dünnes Eis, über die dünne Eisschicht seiner Seele. Bräche er ein, verlöre er seine Vergangenheit, seine Erinnerung, löschte sie aus. Wer wäre er und wer ist er dann noch, wer sagte dann »ich«?

Und zugleich: Alles ist neu. Sage dir nur, sagt er sich, du kennst diese Stadt nicht, du warst noch nie hier. Er wechselt die Straßenseite, dorthin, wo es tiefer in den Park hineingeht. Die Sonne ist untergegangen, es ist spürbar kühler geworden. Mit einem Mal wimmelt es von Menschen, als wäre ein Markt hier und Dinge gäbe es zu kaufen zu besonders günstigen Preisen. Doch nicht einmal einen fliegenden Händler oder einen Imbißverkäufer mit seinem Wägelchen findet er. Da ist einfach nur ein Park mit Wegen und Beeten unter Palmen neben der Straße, und die Menschen, die unterwegs sind, haben keinen anderen Grund, herumzulaufen, als Menschen zu sein, die um diese Zeit unterwegs sind, um in einem Park herumzulaufen.

Fast möchte er sagen: Ein bevölkerter Park! Eine regelrechte Parkbevölkerung! Und sogleich wirkt die Anlage klein durch all diese Menschen. Viele Jugendliche und junge Männer streunen herum, R. zögert, sich unter sie zu mischen. Indes, er befindet sich nicht in einem Pariser Vorort, sondern in Marrakesch, und Vorsicht ist unnötig. Als er weiter in den Park eindringt, entdeckt er auch Mädchen und junge Frauen, solche wie am Nachmittag in der Buchhandlung, doch auch dezenter Bekleidete, abgesehen von den Verschleierten in allen denkbaren Verhüllungsgraden. Wo aber Frauen sind, weiß er, ist niemals Gefahr. Sie kennen die Männer am besten und wissen, wie und wo ihnen zu begegnen ist.

Der Park grenzt an ein schönes, weiß getünchtes Verwaltungsgebäude im Kolonialstil. Da sitzen sie auf den Stufen der Freitreppe, auf dem Pflaster davor, auf den Parkbänken, auf den Mäuerchen, die die Beete abgrenzen, und überall dort, wo eine der gelben Straßenlaternen einen Klecks aus Licht auf den Boden gießt, so daß man verweilen und lesen kann. Sie unterhalten sich wenig, und die meisten laufen auch gar nicht umher, sondern stehen und sitzen nur da, um zu lesen, zu zweit, allein oder in größeren Gruppen. Nichts tun sie als lesen.

Aber wie er beim Blick auf ihre Bücher bald sieht, sind es keine Romane und Zeitschriften, sondern Hefte und Lehrbücher. Die Parkbevölkerung ist eine Gemeinde aus Lernenden. Die einen prägen sich Formeln ein, andere diskutieren über das, was sie sich aufgeschrieben haben, wieder andere blicken in sich gekehrt von ihren Büchern auf und memorieren die Texte. Auch wenn sie im Einprägen und Studieren alle für sich sind, sitzen sie eng beieinander, sind Freunde, sagen sich das Gelernte wohl auf, beraten sich gegenseitig und korrigieren mit bunten Stiften etwas im Heft ihres Gegenübers.

In diesem Park, der ganz den Lernenden gehört, kommt er sich als Eindringling vor, und während er sonst allenthalben angeredet wird, wenn er nicht zügig und mit gesenktem Kopf durch die Straßen eilt, beachtet ihn niemand hier. Bald hat er den Park durchschritten, der so groß dann doch nicht ist; aber weil die Atmosphäre aus Konzentration unter den Bäumen, zwischen den Beeten, vor dem Hintergrund des Hupens und Rauschens der Autos, des Knatterns der Motorräder so innig ist und so schön, macht er beim Ausgang des Parks kehrt, und statt den Boulevard in Richtung der Souks weiterzugehen, läuft er alle Wege ein zweites Mal ab.

Er stellt sich das Zuhause der Studierenden vor: etliche Geschwister, mürrische, überarbeitete, frustrierte Eltern, ein ständig laut laufender Fernseher im einzigen zum Lernen tauglichen Raum, die enge Küche, in deren Neonlicht, neben den Schaben, jeder Gedanke sofort gefriert. Lieber hier draußen mit der Freundin lernen, dem Freund, sogar Mädchen und Jungen gemeinsam, wenn nur eine Freundin oder Verwandte dabei ist, nie ein Mädchen mit einem Jungen allein. Derart gemischt und gemeinsam ist das Im-Park-Sein zusätzlich aufregend, ein Grund mehr, um von ganzem Herzen zu lernen. Ein Volk mit freundlichen Sitten und einem schönen, gemeinsam betriebenen Fleiß, will ihm scheinen.

Sinnierend schlendert er ein letztes Mal zwischen ihnen hindurch, sie beneidend um ihre Jugend und Lernstimmung. Und indem er durch diesen Park der Lernenden wandelt, ist es, als habe er eine Schleuse betreten, die ihn langsam aus seiner Eigenzeit, seinem Flughafenlaufband entläßt in die tatsächliche, echte und wirkliche Gegenwart, wie sie ihn gerade umgibt; die ihn wieder in die Sichtbarkeit überführt, umrißhaft wenigstens. Nichts, will ihm da scheinen, wäre einfacher, als einer von ihnen zu werden, er bräuchte sich nur hinzusetzen und das Buch zu lesen, das er unter dem Arm trägt. Sogar R. würde dann wieder jung werden, einer, wie es ihn vor zwanzig Jahren mal gab.

Indem er so in Schüben in die Gegenwart eingespeist wird, läßt er das Vergleichen des Früher mit dem Jetzt und ist, statt zu grübeln, ganz Auge und Ohr, öffnet Stück um Stück das Visier seiner Seele, läßt mehr und mehr in sich ein. Aufgewühlt, die Haare zerzaust vor innerer Durchlässigkeit, läuft er weiter, nun wie von einem Durst, einer dringlich zu befriedigenden Sucht befallen, mehr und mehr aufzunehmen und sich einzuverleiben von dem, was er wahrnimmt. Begierig, in die Medina zu gelangen, einen Hauch vielleicht doch von dem Marrakesch zu erhaschen, das er kennt und zu kennen glaubt. Um dann mit diesem Bild, diesem Vorgeschmack im Herzen am nächsten Tag zurückzukehren und, wie er es damals tat, nicht auf den Verkehrsachsen, sondern durch die Intimität der Gassen und Marktstraßen bis zum berühmtesten Platz Afrikas zu laufen, dem Platz der Gehenkten, dem Platz, der fast in der Tinte ertrinkt, die in allen europäischen Sprachen über ihn vergossen worden ist, und auf dem R. damals vor zwanzig Jahren wie zu Hause war, einer dieser Platz-Süchtigen, Platz-Abhängigen, Platz-Umschleichenden und -Umkreisenden, von denen die Literatur über den Djama al-Fna erzählt. Aber den feierlichen Gang dorthin hat er sich für den nächsten Tag vorgenommen; dann erst glaubt er sich der vollen Bereitschaft gewiß, den mythischen Ort zu betreten.

Da bricht, hinter einer Biegung des Boulevards, auf einer Seite der Straße die Bebauung ab. Vor dem Horizont, an dem ein letztes, verglimmendes Grün sichtbar wird, aus einer Fläche, die so weit und konturlos wirkt, als stünde er plötzlich bei den Feldern am Stadtrand, erhebt sich der schwere Turm eines hohen, viereckigen Minaretts. Es sieht alt und neu zugleich aus, im alten Stil, aber wie neu errichtet oder frisch renoviert, und im Licht der gelb getönten, von unten her strahlenden Scheinwerfer leuchtet er wie von selber, erhebt sich als etwas Unvergleichliches aus dieser Auto- und Menschenwelt.

Die dazugehörige Moschee ist dagegen fast unsichtbar, so flach breitet sie sich unterhalb des Minaretts aus. Sie ist alt, niedrig gebaut und abgesunken, bald wird die Erde über sie hinweggewachsen sein wie über alle alten Dinge, wie über Amphitheater, Kolosseen, Tempel und Kirchen. Wenn die Moschee aber alt ist, ist es auch das Minarett. Der Allerweltsboulevard, wie er sich in jeder Großstadt hätte finden können, hat ihn mitten ins Herz von Marrakesch geführt, ins ursprüngliche Zentrum der Stadt am westlichen Rand der Medina. Was er sieht, ist nichts Geringeres als das von den almohadischen Herrschern erbaute Minarett der Kutubia, der Hauptmoschee von Marrakesch. Es ist der baugleiche Zwillingsturm der Giralda, des später in den Glockenturm der heutigen Kathedrale verwandelten einstigen Minaretts der großen Moschee von Sevilla. Bereits Ibn Arabi hat am Ende des zwölften Jahrhunderts beide Türme gekannt, den in Sevilla sah er emporwachsen, ja er wuchs gleichzeitig mit ihm auf, wurde erwachsen mit ihm; den in Marrakesch sah er vollendet auf seinem einzigen Besuch in der Hauptstadt des Almohadenreichs, kurz bevor er Nordafrika endgültig den Rücken kehrte, zur Pilgerfahrt nach Mekka zog und für immer im arabischen Osten blieb.

Vor dem Moscheenkomplex der Kutubia wird die Straße breit und mündet in einen unübersichtlichen Platz, auf dem sich Taxis, Busse und die vorbeifahrenden Autos drängen. Es herrscht so viel Bewegung, daß vor Autos, Karren, Bussen und Kutschen kein Flecken Asphalt sichtbar ist, nur ein kaleidoskopartig wandelbares, stets zu neuen Formen sich kristallisierendes Muster aus verschiedenfarbigem Blech. Von hier biegt eine breite, palmenbestandene Allee ab, die für Autos gesperrt ist. Bloß Kutschen stehen da und auf dem breiten Fußweg davor geparkte Touristenbusse. Links davon liegt hinter einer alten Mauer eine Art Palast. Er läuft die Mauer entlang, und der Eingang ist so unscheinbar, daß er fast vorüberläuft. Am Ende des kleinen Eingangswegs entdeckt er eine Rezeption, und daneben winkt das Zeichen des Wassermanns, eine lustig verbogene blaue Harpune. Club Mediterranée. Als hell leuchtendes Blau, von Unterwasserscheinwerfern zu einem surrealen Glühen verführt, von leichtem Windhauch gekräuselt, liegt die Wasserfläche des clubeigenen Schwimmbeckens inmitten einer gepflegten, saftiggrünen Wiese mit Liegestühlen und Strandkörben, und wie das Wasser so ruhig ist, spiegelt sich darin die Spitze des Minaretts der Kutubia mit ihren vier vergoldeten Kugeln. Die Menschen sind tief im Bauch des Palastes beim Essen, und niemand ist zu sehen. Für 200 Euro darf man im Schatten der Kutubia übernachten.

Nur der Lärm würde den Aufenthalt trüben. Aber nicht der Verkehr macht den Lärm, vielmehr das ständige Rufen und Brüllen, das Klackern der Hufe auf den Pflastersteinen und der Muezzin, dessen Appell zum Sonnenuntergangsgebet in diesem Augenblick mit einem übersteuerten Krächzen aus den Megaphonen in die Herzen der Gläubigen sticht. Anderer Lärm liegt in der Luft, weniger konkret, Ursache nicht offenbar, ein kollektives Raunen, wie man es in der Nähe vollbesetzter Fußballstadien hört, skandiert von schweren, rhythmischen Trommelschlägen.

Die Allee mit den auf Touristen wartenden Kutschen mündet in eine weitläufige Fläche, deren Tiefe er in der eingebrochenen Dunkelheit nicht ausmachen kann. Ein unerklärlicher Nebel oder Dunst liegt darüber. Unter der Dunstglocke blitzen diesig die Lichter. Als er den Punkt erreicht hat, wo die Allee vor ihm aufreißt und breit wird, steht er da wie der letzte Mensch am Ufer des Meeres zur Ewigkeit. Die zuvor so zahlreichen Passanten verlieren sich in der jähen Weite, werden von ihr eingesaugt und verschluckt. R. ist allein auf weiter Flur, läuft auf die brodelnde, unter der Dunstwolke liegende Mitte zu, die glitzert wie ein riesiger, von Mond und Sternen befunkelter Quarz. Aber in Wahrheit kommt das Licht aus dem Innern des Quarzes. Und während er sich noch fragt, was das ist, wo er sich befindet und auf welchen eigenartig diffusen Ort er zuläuft, während das Trommeln lauter wird und das Brodeln der Stimmen, während er Flötentöne, Schellenklänge heraushört und bald einzelne Rufe wie Lanzen aus dem Nebel ragen und ihn erneut das Gefühl überkommt, auf ein rückwärts laufendes Band geraten zu sein, endlos auf eine sich fortwährend zurückziehende Mitte zuzulaufen, so daß er sich dem Zentrum des Nebels nur in Zeitlupe nähert; indessen es Nacht geworden ist und nichts leuchtet außer den Sternen, dem Sichelmond und den jetzt erkennbaren in Kopfhöhe angebrachten kleinen Scheinwerfern, und der Nebel weiterhin nicht zu erklären ist; während er all das in einer einzigen großen, unteilbaren, zeitlich nicht zu messenden Augenblicksblase wahrnimmt, erkennt er, wo er sich befindet.

Es ist ein Erkennen wie unabhängig vom Hirn, von seinen Begriffen und Operationen, vielmehr wie man etwas an seinem Geschmack erkennt, nur daß hier Schmecken und Erkennen, das Erkannte und der Geschmack ein und dasselbe sind. Oder wie man etwas, wenn man die Augen schließt, nur durch Berühren erkennt. Trotzdem klingt »erkennen« zu aktiv. Ist es doch eher ein vom Erkennen überkommen werden. Oder, weil es sich ja im Moment des Hineingehens in diesen glitzernden Nebel vollzieht, ein Umhülltwerden von der Erkenntnis; oder wieder anders gesagt, ein Eintreten in den erleuchteten Raum. So muß es sich anfühlen, wenn sich, durch welches Ereignis auch immer, plötzlich das ganze Leben erklärt, wenn einer mit einem Mal weiß, wer er ist und warum und wie was geworden; wenn im selben Atemzug der so lang vermißte Sinn innen aufsteigt, sich, beim Zwerchfell beginnend, wie eine wärmende Flüssigkeit ausdehnt in Zehenspitzen, Finger und Kopfhaut, und nun steht er da ganz erfüllt und weiß, was er soll hier im Sein.

Und so ist in R., während er geht, nicht die Erkenntnis, sondern eben das Gefühl aufgestiegen, wo er sich in Wahrheit befindet, und dieses Gefühl scheint zum ersten Mal ganz genau dem von früher zu entsprechen, als er hier war vor vielen Jahren. Damals und Heute haben sich übereinandergelegt, sind zur Deckung gelangt, Erinnerung und Gegenwart sind eins und untrennbar in dieser Augenblicksblase. R. ist, in der Zeit nach vorne reisend, zu ihr zurückgekehrt, die mystische Wiederholung, die Überbrückung der Enden, die Verwebung der Phasen, sie ist ihm gelungen.

Und wie es ihm bei den schlimmsten Unglücken und größten persönlichen Katastrophen nicht passiert ist, treten ihm Tränen in die Augen. Nun erst begreift er, wohin er läuft, welcher Platz ihn empfängt und umjubelt. Hat es, merkt er, körperlich früher erfaßt als in Begriffen gewußt. Er ist es, *der* Platz. Der Platz der Plätze. *Djama al-Fna.* Auslöschungsplatz. Hinrichtungsstätte. Der Platz der Gehenkten. So darauf zuzuschreiten, in dieser Dämmerungsstimmung und für ihn selbst überraschend, ist ein Gang auf den absoluten Ort zu, auf den Ort des Orts, den Ort als Ort, gleich was er jeweils bedeute: Hinrichtungsstätte oder Ort der Ekstase und Himmelfahrt, Nabel der Welt oder Tag des Jüngsten Gerichts, Zirkus und Börse, Sklavenmarkt oder Konzentrationslager. Bühne, wo alles sich abspielt. Das Forum, der Marktplatz der Existenz. In einer Welt ohne Orte ein Ort, ein archimedischer Punkt. Sinnlos, dies zu erklären und zu beschreiben. Man weiß und empfindet es, wenn man dort ist. Man kann es nicht wissen und ahnen, wenn man nie dort war. Sobald man sich nähert, weiß man, daß man richtig geht, daß man ankommt, spürt den seelischen Magnetismus dieser Erde. Absolutes Gefühl von Ankunft, des Aufgehobenseins. Weiß, daß auch für einen selbst hier ein Platz ist, eine Stelle vorgesehen oder immer noch einzurichten, nirgendwo ist man klarer willkommen als hier. Und dabei ist es völlig egal, wer oder was man ist. Hier ist man zu Hause. Hierhin mündet man immer auch selbst.

Der Nebel lichtet sich zu Dampf aus den Garküchen. Das Glitzern kommt von den Scheinwerfern an den Buden, von Glühbirnen, aufgehängt oben an nackten Hölzern, Zeltgestängen ohne Planen, in denen für alle sichtbar die Köche werkeln, die Spieße brutzeln, das Fett kocht, die Suppen garen. Hammelhirne, Hoden, Eingeweide, Pansen, und aus Köpfen, die über der Glut rotieren, quellen schöne, große, treue Tieraugen, ja auch die werden vor den Blicken der Esser in kleinste Stücke zerhackt und serviert. Eine Portion, das ist das, was die aus Hackbeil und Hand gebildete Schaufel auf einen Teller zu kippen vermag. R. steht im Bann dieses Schauspiels, dieser Speise, seines Ekels vor dieser Speise, vor den verbrannten Hammelköpfen, den tierischen Nachfolgern der einst hier ausgestellten, abgehackten Menschenköpfe. Der Ekel zieht ihn an, und er weiß, daß ihm, auch wenn er es wirklich nicht will, nichts übrigbleibt, als von dieser Speise zu kosten.

Fasziniert von der Restverwertung toten Tiers, hat er ein wenig zu lang auf den Koch oder Metzger gestarrt. Der merkt es, sieht ihn an und fordert ihn auf, sich zu setzen. R. läßt sich bei dem ihm zugewiesenen Platz auf einer langen Bank nieder. Die Speisenden müssen zusammenrücken. Zu seiner Rechten sitzt ein junger Mann in traditionellem Gewand, ebenfalls mit einem aufgeschlagenen Lehrbuch vor sich. Er hat gerade fertig gegessen, leckt sich die Finger ab, reibt sie an seinem Gewand trocken und verlangt nach einem Glas Wasser. Umstandslos redet er R. in einem Hocharabisch mit klassischen Endungen an, wie man es sonst nur in Predigten oder feierlichen Reden hört:

– Schmeckt es?

– Ob es schmeckt? R. sah auf, schloß die Augen, schmeckte ein paar Sekunden und sagte: Besser, als es aussieht!

– Selbstverständlich! Schmecken und Sehen, das kann man überhaupt nicht vergleichen. Wir sehen immer nur die Oberfläche, aber wir schmecken, was drin ist, nicht wahr?

– Du bist ein richtiger Philosoph, entgegnete R. gutgelaunt.

– Überhaupt nicht, ich bin Student. Außerdem irren sich die Philosophen fast immer. Ich habe nur das gesagt, was der Prophet auch gesagt hat.

– Wörtlich?

– So ungefähr, ich lerne ja noch.

– Und was lernst du?

– Religiöse Wissenschaften.

– Und dann, was machst du damit?

– Ich werde Imam. Oder Lehrer. Vielleicht später auch Richter, wenn ich weiterstudiere. Und du?

– Schriftsteller. Ich schreibe Bücher.

– Schriftsteller? Ein unnützer Beruf! Die wertvollen Bücher werden von anderen geschrieben: von Ärzten, von Rechtsgelehrten, von Historikern, von Wissenschaftlern. Wozu braucht man Schriftsteller? Zur Unterhaltung? Dafür gibt es heutzutage das Fernsehen. Ohnedies sollen die Menschen lieber lernen. Ich bin gegen die Unterhaltung.

– Gar keine Unterhaltung? Nicht einmal eine Plauderei mit Freunden am Abend?

– Mit Freunden schon. Das ist etwas anderes. Aber Bücher brauche ich nur zum Lernen.

– Alle lernen jetzt, stimmt's? Sind bald Prüfungen?

– In drei Tagen, überall, im ganzen Land, Studenten, Schüler, alle.

– Und, wirst du es schaffen?

– So Gott will! Aber ich bin vorbereitet, ich habe alles gelernt. Lernst du auch?

– Ich? Manchmal. Wenn es sein muß.

– Und das Buch da? Was hast du da für ein Buch?

– Das Buch der Himmelsreise. Von Ibn Arabi.

– Um Gottes willen! Was bezweckst du denn damit?

– Ich interessiere mich für die Sufis.

– So so..., mein Vater ist ein Scheich, ich kenne mich ein bißchen aus in der Mystik. Aber das hier? Das ist viel zu schwierig für dich. Was du brauchst, ist eine Einführung, etwas für Anfänger.

– Wenn ich es noch nicht verstehe, warte ich eben, bis ich klug genug bin!

– Wenn du so weise bist, daß du es verstehst, brauchst du es nicht mehr.

– Für wen wurde es dann geschrieben?

– Ich könnte es dir verraten, aber... vielleicht verstehst du auch das nicht.

– Nun?

– Es ist ein Buch für Menschen, die durch Mauern sehen können, aber vorziehen, es nicht zu tun!

Mit diesen Worten steht er auf, wünscht R. einen guten Abend und geht davon, ohne auf eine Entgegnung zu warten. Als einer der Gehilfen des Imbißstandes den sauber leergegessenen Teller des Jungen einsammelt, sieht R., daß jemand, freilich kaum dieser Junge, auf das Holz des Tisches mit groben Zügen in lateinischen Buchstaben und Zahlen etwas eingeritzt hat. Er beugt sich darüber, um es zu entziffern:

ISUCKCOCK
CALL24170

Fast muß er sich übergeben. Das Hammelhirnaugenhodengedärmhack in seinem Magen genügt schon, und dann diese Message... Er trinkt einen Schluck Wasser, steht auf und geht ein paar Schritte, bis es ihm bessergeht. Es ist ja in Wahrheit kein Platz, sondern eine Ebene, ein freies Feld, nichts vielleicht einst als das freie Feld vor dem Palast und der Moschee, ein Überbleibsel aus der Gründerzeit der Stadt vor bald tausend Jahren, die leere Fläche zwischen dem Markt und den Repräsentationsbauten, die sich gegen alle Wahrscheinlichkeit in dieser periodisch sich aufblähenden und wieder zusammensackenden Stadt über alle Jahrhunderte hinweg in ihren Ausmaßen erhalten hat. So voller Menschen ist dieser Platz, und gleichzeitig doch so weit, daß man nie Platzangst bekommt oder sich bedrängt fühlt, solange man nur nicht bei einer Ansammlung stehenbleibt.

R. geht jetzt in Kreisen um diesen Platz. Ringförmig stehen die Menschen um die Schausteller, Trommler, Wahrsager, Anpreiser, Beter und Bettler. In Trauben stehen sie an den Ständen, kaufen Orangen und Brot, Nüsse und Obst, die Touri-sten. Alle Stände, entdeckte er bei der zweiten Umkreisung, sind mit Nummern ausgestattet, wie es sie, da ist er sich sicher, vor zwanzig Jahren nicht gab, und sogar die Schlangenbe-schwörer, Trommler und Zaubermittelanpreiser haben kleine Plastikausweise um den Hals hängen, um als anerkannte und behördlich erfaßte Gewerbetreibende auf dem Auslöschungs-platz kenntlich zu sein. Vor allem tagsüber, wenn es nicht ganz so voll ist, wird R. in den folgenden Tagen entdecken, ist der Ordnungswille unübersehbar, und wie er das so beobachtet, will ihm scheinen, daß Marokko in gar nicht ferner Zukunft den Anspruch erhebt, Mitglied der EU zu werden, und ge-genwärtig laufe die Generalprobe für die in vorauseilendem Gehorsam zu vollziehende, freiwillige Einführung aller EU-Normen, womit das Land unwiderleglich seine Europareife beweisen will. Doch all diese Regeln, Nummern und Aus-weise hier schwimmen wie zufällig herangewehtes Laub auf der Oberfläche eines Sees, an seine Tiefe rühren sie nicht. Auf die Bettler, auf die jugendlichen Faustkämpfer und die Prosti-tuierten beiderlei Geschlechts wird kein Ordnungsamt je Zu-griff haben.

Er würde lange hier bleiben können und der Stimmung nicht müde werden. Aber er wird in den nächsten Tagen ge-nug Zeit haben und beschließt, mit einem Taxi zurück ins Ho-tel zu fahren, im Hotelgarten zur Verdauung der in seinen Ein-geweiden rumorenden Eingeweide ein, zwei oder mehrere Bier zu trinken und in dem Buch zu lesen, das angeblich zu schwie-rig für ihn ist. Nachdem er sich bei einem Straßenhändler eine unverantwortlich teure Zigarre gekauft hat, sitzt er in seinem

Hotelgarten, marokkanisches Bier trinkend, rauchend, sinnierend, die Leute um sich herum betrachtend, ab und an einen Vers Ibn Arabi lesend und einen Gedanken aufzeichnend.

Die meisten Gäste, die in solchen Hotels absteigen, bleiben für eine Nacht nur, weiß er. In Rabat war es so. In den vier Tagen, die sie dort verbrachten, sahen sie jeden Abend beim Essen eine andere Gruppe aus einer anderen Nation, und jeden Morgen um sechs wurde er vom Dröhnen eines Fernsehapparats geweckt, und jeden Morgen konnte er an den Sprachen der Sender hören, woher die Gäste gekommen waren, die nun so früh wieder abreisten, aus Spanien, Israel, Frankreich, Holland, Italien, Polen, und bei allen lief es identisch, dieselbe Uhrzeit, mal im Zimmer über ihm, mal darunter oder daneben, immer dieselbe Lautstärke, dieselbe Rücksichtslosigkeit, R. mochte klopfen und fluchen, wie er wollte. Gegen die europäischen Invasoren, weiß er seitdem, helfen nur Oropax oder Terror.

Im Gartencafé seines Hotels in Marrakesch treffen sich an diesem Abend fast nur Marokkaner: Geschäftsleute, Liebespaare, nicht selten fortgeschrittenen Alters, und schicke jüngere Leute, die diesen Ort schätzen (obwohl er gewiß nicht der coolste der Stadt ist, da wird er in den nächsten Tagen ganz andere sehen), wohl weil er allen zugänglich ist und doch intim. R. genießt es wie üblich, diese Leute aus unterschiedlichen Milieus zu beobachten, richtige Stars darunter, nach der neuesten Mode Angezogene, die schönsten Frauen mit den gewagtesten Kleidern, dann aber wieder ganz oder einigermaßen normal angezogene. Und während er so sitzt und sich umschaut, fällt ihm auf, daß ihn das Studium dieses alltäglichen

Lebens häufig mehr interessiert und ihm wichtiger scheint als alle Kunst und alle Sehenswürdigkeiten. Und auf einmal weiß er, daß es auch früher genau dies war, was ihn fesselte am Verreisen: in fremde und fremdeste Leben zu schauen, daran teilzuhaben, in eine neue Haut zu schlüpfen und die dadurch sich eröffnenden Möglichkeiten zu spüren und wahrzunehmen. Eine Sprache zu lernen, erinnert er sich, war für ihn damals, wie eine ungekannte Rolle einzustudieren, und deswegen lernte er viele davon. Und er weiß – oft ist es heute noch so! –, daß er in fremden Sprachen viel leichter und freier sich kundtat als in der eigenen, deren Wörter ihm rostig erschienen, verbraucht; aber auch viel zu tief in seiner Seele verankert, um geäußert zu werden und dann frei auf der Oberfläche und hin und her zu hüpfen wie bunte Bojen.

Drei Tische schräg vor ihm sitzen zwei, die seine Neugier geweckt haben. Eine sehr junge Frau mit einer ein wenig älteren, aber viel dickeren Freundin. Die jüngere sieht ein wenig aus wie die Schöne aus der Buchhandlung, derselbe Gesichtstyp, und vielleicht ist sie es, nur für den Abend geschminkt, ansonsten ähnlich gekleidet in der zum Platzen eng anliegenden Jeans und einer was immer möglich offenbarenden Bluse. Jedesmal, wenn ein Mann, ein Tourist, an den beiden vorbeiläuft und er die schönere, wie es kaum anders möglich ist, anschauen muß, schickt sie ihm ein strahlendes, einladendes Lächeln entgegen, und wenn der Angelächelte, wie R. mehrfach beobachten kann, nur ein wenig zögert, fordert sie ihn schon auf, sich hinzusetzen. Nachdem R. das Schauspiel eine Weile betrachtet hat, ist er sicher, daß es sich um Prostituierte handelt. Tatsächlich setzt sich dann einer zu den beiden hinzu, und als R.

auf dem Weg zur Toilette an ihnen vorbeiläuft – der Kunde, ein Holländer oder Deutscher, hat ihnen Drinks spendiert, und sie unterhalten sich angeregt, freilich spricht nur die ältere, während die junge Hübsche immer nur lächelt und nickt –, hört er sie sagen: Condoms, no, don' need. Free, full freedom. Very soft skin. Hot. Hot and wet, very wet! Wenig später gehen sie fort, und der Deutsche hat schon seinen Arm um die Schlanke gelegt.

Die unbekannte Schöne aus der Buchhandlung, schließt er daraus, wäre nicht so leicht zu umarmen gewesen; jedenfalls nicht umsonst. Aber sie hat ihm den Weg zum *Kitab Al-Isra* gewiesen. Da liegt es vor ihm auf dem Tisch, und zwar nicht in irgendeiner Ausgabe, sondern in *der* Ausgabe, in der besten, die es gibt, sorgfältig ediert und mit vielen Anmerkungen versehen. Er hat inzwischen entdeckt, daß das Buch bereits 1988 in Beirut erschienen ist, und es ist kein Nachdruck oder eine Neuauflage. Um so rätselhafter der Fund: Eine echte historisch-kritische Ausgabe mit Verzeichnis aller Varianten, und er hat sie zu einem Spottpreis von fünf Euro gekauft!

Der Sohn des Scheichs auf dem Platz der Gehenkten hatte freilich nicht unrecht. R. versucht zu lesen und zu verstehen, durchaus mit heißem Bemühen. Allein, es will nicht recht glücken. Wie soll man das nennen? Er versteht die Worte, das ist es nicht, dank der sehr nützlichen Annotationen und zur Not mit Hilfe seines miniaturisierten Wehrschen Wörterbuchs, das ihm seit neunzehn Jahren noch jeden arabischen Text auf Reisen aufgeschlüsselt hat. Aber er begreift nicht, wovon die Rede, was gemeint ist. Es ist, als wäre dies ein Text aus einer Welt, in der zwar dieselben Wörter benutzt werden und zum Beispiel Schnee tatsächlich auch Schnee meint. Wo aber alle Bedingungen, der gesamte äußere Kontext, in dem sich die Sprache bewegt, so anders geartet ist, daß es nichts nützt, wenn man weiß, daß Schnee weiß ist und aus Eiskristallen besteht, weil die Eiskristalle in jener seltsamen Welt zum Heizen benutzt werden oder als Treibstoff für fliegende Hamster, was alles natürlich nicht erklärt wird, weil ja in jener Welt selbstverständlich.

Um sich zu vergewissern, ob er nicht etwas verpaßt hat (und nachdem er Bierflaschen Nummer vier und fünf zusammen bestellt hat, um nicht jede Viertelstunde erneut ordern zu müssen), liest er die zunächst überschlagene Einleitung nach. Aber auch Suad al-Hakim, die alles so sorgfältig herausgegeben und annotiert hat, scheint in der Welt der fliegenden Hamster zu leben. Dann schon lieber O-Ton Wiederbeleber der Religion Ibn Arabi. Obzwar R. nicht weiß, was ihm das sagen will, fühlt er, daß es schön ist, schön klingt und ihn fortlockt und verführt, selbst wenn er nicht ahnt, wohin und welchen Preis er zu zahlen hat. Er liest, ohne zu wissen, was er liest. Der Erzähler, Reisender genannt, Salik, Himmelsreisender, Himmelsstürmer vielleicht, begegnet mystischen Figuren, sieben Propheten, für jede Himmelsstufe einen, vor allem aber begegnet er einem jungen Mann, der einfach nur junger Mann heißt (und R. stellt ihn sich unwillkürlich so vor wie den seltsamen Jungen am Eingeweideimbiß), ein imaginärer geistiger Führer durch die sieben Himmelsreiche mit den ihnen zugeordneten Propheten. Junger Mann und Reisender ergehen sich in Reimprosa, in welcher beschrieben wird, wo man sich gerade befindet und was gerade passiert.

Eine Handlungslogik ist auf den ersten Blick nicht zu erkennen, aber das, ahnt R., hat das Buch über die Himmelsreise mit dem über Fes gemein. Wer wohlwollend ist, sollte einen spirituellen Fortschritt, wachsende Erkenntnisse vernehmen können. Zwischendurch geben die beiden Reisenden auch klassische Verse zum besten, ordentlich mit Monoreim und ausgeklügeltem Versmaß. Die echten Verse sind weitaus schwieriger. R. läßt sich die Laune nicht verderben, und statt sein arabisches Wörterbuch zu malträtieren, erinnert er sich an seinen Professor, der bei jeder Gelegenheit ein Ibn Arabi-Gedicht in der Hosentasche hatte, um darüber zu meditieren und es eines Tages aus heiterem Himmel doch zu verstehen. Drei Gedichtinterpretationen hat er bis heute veröffentlicht.

Was R. nicht versteht, überschlägt er darum. Später wird er genug Zeit haben, sich damit zu beschäftigen. An den Stellen, wo er zufällig zum Lesen ansetzt, geht es in aller Regel einige Zeilen lang gut, Sinn ergibt sich, wenn auch kein Kontext, und irgendwann stößt der Text ihn ab wie ein versehrter Körper ein fremdes, angenähtes Glied. Aber die Reime machen das wett. Und manches findet er zum Lachen, nicht lächerlich, sondern so, als sei es tatsächlich zum Lachen gedacht. Als der mystische Reisende auf seinem Buraq, dem fliegenden Reittier, mit dem auch Mohammed seine Himmelsreise unternommen hat (ein edles Maultier mit Menschenkopf, das von den islamischen Miniaturmalern mitsamt verschleiertem Propheten gerne dargestellt worden ist), in Jerusalem an der Aqsa-Moschee ankommt, bindet er Buraq an dem eigens dafür vorgesehen Eisenring fest, als habe er Angst, daß er ihm wie ein gewöhnliches Pferd davonläuft. Aber nicht doch, fügt Ibn Arabi hinzu (beruhigend, sagt R. sich, daß dieses Detail seinerzeit schon die Leser stutzig machen konnte, nicht erst uns phantasielose Gegenwartler), natürlich flöge der gute Buraq nicht fort, aber es sei nun einmal üblich, Reittiere festzubinden, und deshalb könne es ja nicht schaden, auch Buraq anzubinden.

R. blättert weiter und stößt auf mehrere längere Passagen, die er versteht. Laut dem Kommentar spricht der junge Mann und Führer zum mystischen Reisenden, also Ibn Arabi, was R. wundert, da dieser Reisende von dem Jungen mit geradezu hymnischen, eigentlich nur Gott zukommenden Attributen angeredet wird; das heißt, Ibn Arabi läßt sich in seinem Buch selbst so anreden. Die Passage in Reimprosa ist betörend, aber mit einem Mal gerät R. ins Stocken und reibt sich die Augen. Es ist, als kenne er den Text, die über viele Absätze sich hinziehende, leicht überdrehte Anrede. Und als er folgende Verse liest, glaubt er, sein Gedächtnis spiele ihm einen Streich:

Anta djannat al-arifîn wa ghabat as-salikîn, wa-raihan al-muqribîn, wa-salam ashab al-yamîn…

Du bist der Garten der Wissenden, der Trost der Vermissenden, das Ziel der Reisenden, das Schmecken der Speisenden, der Traum der Suchenden, die Wortmacht der Fluchenden…

Déjà-lu – er hat es schon einmal gelesen, gehört, nur vergessen wo, wann, unter welchen Umständen. Erinnerung an einen Traum oder wie an einen Traum? Er ist schlagartig nüchtern, hellwach, als verstünde er gleichzeitig jetzt alle Gespräche in allen Sprachen in diesem nächtlichen Gartencafé eines Hotels, seines Hotels in Marrakesch, vor ihm auf dem Tisch ein arabisches Buch und sich vermehrende Kegel aus Bierflaschen. Aus den Musikboxen läuft das *Köln Concert,* aber diese Zeilen, die er jetzt liest, wo, wo, wo hat er sie schon einmal gehört? *Du bist der Garten der Wissenden, der Trost der Vermissenden, das Ziel der Reisenden, das Schmecken der Speisenden...*

Da schüttelt einer einen großen Sack über ihm aus, einen Sack voller Bilder, sie schneien auf ihn nieder, ein Bildersturm ist es, ein Orkan von Erinnerungen, Vergessenem auch und Verdrängtem, Geträumtem, Geschautem, manchem sogar in der Zukunft Geschautem. Das Bilderbrausen hält an, R. stemmt sich dagegen, schräg nach vorne gelehnt, den Schal um den Mund, ewiger Wanderer im Sturm, doch wohin, wohin mit dir in diesem sinnlosen Stemmen? Und warum immer *gegen* die Elemente? Er breitet die Arme aus und läßt sich davontragen, weit und nah, nah und fern, Fes. Mit der bloßen Hand wischt er den Gedächtnisschnee von der Brille und bildet mit seinen Händen einen Schutz, damit sie nicht gleich wieder zuweht. Und dann sieht er, R. sieht wieder Fes.

Fast wäre er dort verlorengegangen. Das geschah, nachdem sie den Heiligen Bezirk betreten hatten. Kreisend näherten sie sich der Moschee der Kairuaner, erfreuten sich an den hier auch auf den Außenmauern angebrachten Kachelmosaiken, den typischen Feser Fayencemosaiken, deren Herstellung, heute wie vor tausend Jahren, sie dann in der Töpferei beiwohnen sollten. Die Kacheln, lernten sie, sind nicht einfach bemalt, sondern jedes der farbigen Grundelemente wird mit einem Stichel in der gewünschten Form auf Kacheln einer bestimmten Farbe geritzt und darauf mit einem kleinen Hammer ausgeschlagen.

Die Halden farbiger Splitter, die sie am Eingang zur Töpferei gesehen hatten, waren die Überreste dieser Mosaikkachelproduktion. Es war das aufwendigste aller denkbaren Verfahren und so perfektioniert, daß man mit den verschiedenfarbigen Grundelementen die gängigen Muster, ja sogar die jeweils individuellen Abweichungen, Größen und Varianten zusammenstellen konnte, immer ergab sich irgendwie eine der seit alters her überlieferten Formen.

Und welch ein Unterschied, ob das Auge einfach nur eine bemalte Kachel sieht oder ein solches Fayencemosaik! Man empfindet förmlich die Arbeit, die es gekostet hat, und obwohl auch das zusammengesetzte Kachelwerk nur eine farbige Fläche darstellt, nimmt man die dahinterliegende komplizierte Machart wahr, zumal, wenn die Kacheln, wie an den alten Gebäuden nicht anders möglich, Beschädigungen aufweisen.

R. sah sich an einem Spinngewebe Gottes fest, einem geometrischen Netz nach Art einer Rose, ausgehend von einem Stern in der Mitte und mit überkreuzenden Linien sich zu einem Rad ausfaltend. Er blieb stehen, um die Machart zu studieren, und er merkte, daß es die vielen kleinen Schrammen, die angebröckelten Ecken und an den Rändern abgesplitterten Farben waren, die dem die Unendlichkeit suggerierenden Mosaik die Würde der Endlichkeit und Unreproduzierbarkeit verliehen; ein Zeichen Gottes mit menschlichem Maß, und darin lag die Erkenntnis, daß sich das Unvergängliche am glaubwürdigsten im Vergänglichen spiegelt.

Als sie den Eingang der Kairuaner Moschee erblickten, wies Nassib sie darauf hin, daß sie nicht hineingehen durften. Wie alle Moscheen in Nordafrika war auch die Hauptmoschee von Fes für Nicht-Gläubige gesperrt, anders als die Moscheen in vielen anderen Ländern der islamischen Welt. Hammerkohl, schon mit müden Füßen, allzeit gefechtsbereit, wollte darin einen Grund zur Beschwerde erkennen, eine himmelschreiende Ungerechtigkeit. Den Muslimen stünden schließlich auch in Europa die Kirchen offen. Daß man ihnen, den Besuchern aus Europa, verbiete, die Moscheen zu betreten, sei eine um so dreistere Diskriminierung, als die Touristen die Devisen brächten, ohne die hier gleich gar nichts funktionieren würde.

– Touristen mit den Schönheiten anlocken, das gerne, was? Aber dann ihnen die Hälfte dieser Schönheiten vorenthalten aus einer kleinlichen, rückwärts gewandten religiösen Mentalität heraus, ja einem seit jeher in dieser Religion angelegten Rassismus!

Das hatte er auf deutsch gesagt, und als Nassib nachfragte, gab Hammerkohl seine Worte in seinem Schulfranzösisch wie folgt wieder: Da den Marokkanern überall in Europa die wertvollsten Kirchen offenstünden, wüßte er gerne, wie man es hierzulande rechtfertigen würde, den Besuchern das Betreten der Moscheen zu verbieten.

– Monsieur Ammerkohl, sagte Nassib mit dem ihm eigenen verschmitzten Ernst, Sie haben wie immer recht und unrecht zugleich. Die Kirchen in Europa stehen den Marokkanern offen, das stimmt wohl. Europa jedoch ist verschlossen. Versuchen Sie einmal als gewöhnlicher Afrikaner, ein Touristenvisum für Deutschland mit der Begründung zu bekommen, daß Sie die deutschen Kirchen besichtigen wollen! Die lachen Sie aus an der Botschaft.

– Überhaupt, Monsieur Ammerkohl, Sie haben sogar doppelt unrecht: Die Vorschrift, die es Christen verbietet, die Moscheen zu betreten, geht auf das Konto der Franzosen, der muslimischen Mentalität ist sie fremd, wie wir daran sehen, daß dieses Gesetz nur dort besteht, wo die Franzosen ihre Füße hingesetzt haben. Was die Franzosen damit bezweckten? Mais n'êtes pas naïf! C'est la ségrégation. Jeder sollte die Illusion haben, es gebe den anderen nicht. Die Marokkaner sollten glauben, sie könnten weiterleben wie bisher, hätten einen Bezirk nur für sich, in den sich die Franzosen nicht einmischen – und wozu auch, solange sie über den ganzen Rest bestimmen durften!

Das Gedränge war größer geworden, es wurde zunehmend schwieriger, die Gruppe zusammenzuhalten, die Gassen verengten sich zu Korridoren, regelrechten Tunnels, die alle an der Moschee und dem danebengelegenen Heiligtum des Moulay Idris, des legendären Stadtgründers, mündeten. Alle entdeckten etwas für sich, irgendein kleines Detail, das gerade sie interessierte, und andere Touristengruppen mischten sich unter sie, so daß jeder nur auf das achtete, was er gerade vor sich sah. Farbige Kacheln, Inschriften, verzierte Fensterchen mit einer Reliquie oder einem anderen, undeutbaren Gegenstand der Verehrung.

Der Andrang war so groß, als würde etwas verschenkt werden, und so verhielt es sich: Segen wurde verschenkt, verschenkt im wahrsten Sinne des Wortes, kostenlos war er, nur hingehen mußte man und ihn abholen. Und dran glauben natürlich, aber was sprach dagegen, kaum glaubte man, hatte man dieses gute Gefühl, daß alles in Ordnung käme und womöglich längst sei, was immer man auf dem Herzen hatte. Wenn auch sonst sich alles verschworen hätte: Die Weltordnung steht, sobald man nur glaubt, daß sie steht!

Da wurden sie an ein großes, mit leuchtend weißem Stuckwerk verziertes Portal gespült. In dem eigenartigen Rhythmus, den das Gebot, die Schuhe auszuziehen, den Eintretenden aufzwang, torkelten die Gläubigen hinaus und hinein: plötzliche Stockung, die typische Bewegung des sich mit einer Hand an die Wand Stützens, des die Hacken Hochziehens und Schuhe Abstreifens, Abstellens, eine lebende Laokoon-Gruppe.

Auch R. fluchte über das Verbot, die Moscheen zu betreten. Aber am Eingang zu stehen konnte ihm keiner verwehren. Je länger er stand, desto unsichtbarer kam er sich vor. Er gehörte jetzt fast zur Szenerie mit dazu. Die Bettler beachteten ihn nicht, die sich zu Moscheewärtern aufspielenden Nichtsnutze nicht, und selbst die neu Hinzukommenden gönnten ihm keine Blicke.

Was hinderte ihn, die Identität zu wechseln und einer von denen zu werden, die eintreten durften? Alle Arten von Menschen waren darunter, Knaben und Greise, Hilfsarbeiter und besser Gekleidete, junge und schöne Frauen mit kleinen Kindern, provisorisch für den Moscheenbesuch verhüllt, kräftige schwarze Haare, die unter den Kapuzen grober Kaftane hervorquollen. Schwarzgekleidete kamen hinzu und vorbei, alte und gebückte und solche, die völlig unter dem Schleier verschwanden. Durch die dunkle Vorhalle und das Knäuel der Schuhauszieher blickte er auf den im gleißenden Mittagslicht liegenden Hof, in dessen Mitte, unter einem mit türkisgrün lasierten Ziegeln verzierten Dach, der Brunnen für die rituellen

Waschungen stand. Rasch verteilten sich die Eintretenden in der kargen Moscheenlandschaft da drinnen.

Seine Mitreisenden waren am Portal durch andere Touristen ersetzt worden und bereits in einer anderen Welt. Laß sie enteilen, sagte er sich! Obwohl er nicht wußte, wo sie als nächstes hingeführt werden sollten, hatte er die Gewißheit, daß er sie wiederfinden würde, wenn er nur wollte. Daß vorerst die Verbindung gekappt war und sie ihn noch nicht vermißten, machte ihn frei, und ohne nachzudenken stieß er sich von seiner Wand ab, schritt mit der größten Selbstverständlichkeit und Zielstrebigkeit auf das Portal zu, trat die drei Stufen herab, zog seine Schuhe aus und gelangte in die Dunkelheit der Vorhalle. Er wurde blöd angeglotzt, aber keiner sagte etwas. Erst als er schon im Hof war, spürte er, wie hinter ihm ein Tumult entstand. Er wandte sich um. Einer der in den Eingang spähenden Touristen hatte sich an ihm ein Vorbild genommen, war unter das Portal getreten und machte Anstalten, seine Schuhe auszuziehen. Es war ein älterer, sehr großer und schwerer Mann mit Turnschuhen und Tennishose.

Da wurde einer der Moscheewächter auch auf R. aufmerksam. Doch statt mit Entschiedenheit zu erklären, daß es für Touristen verboten sei, hier einzutreten, schien er unsicher und fragte: Vous êtes musulman? R. entgegnete nur: Al-hamdu li-llah – Gott sei Dank! Al-hamdu li-llah lautete die vor 1400 Jahren ausgegebene Parole, und indem er sie aussprach, galt er als Eingeweihter, der Wächter brachte eine Entschuldigung vor und entfernte sich.

Sobald er die Schwelle übertreten hatte, baute sich ein Druck in ihm auf, als würde er langsam durch eine dichte, unsichtbare Wand gehen, mit jedem Schritt auf zäheren Widerstand stoßen, immer tiefer hinabtauchen ins Meer der Zeit. Als er nun im blau-weiß gefliesten, weithin den Himmel spiegelnden Hof stand und die Helligkeit ihn blendete wie nie in der Schattenenge der Gassen; als die Nervosität seines regelwidrigen Tuns und die Angst, entdeckt zu werden, langsam von ihm wichen, wurde dieser Druck beinah unerträglich. Und als habe ihm einer durch die Fontanelle die Einsicht ins Hirn gepfropft, ahnte er, es ist die Last der Jahrhunderte, das Gewicht der vergangenen Zeit, das an diesem Ort der Tradition kumulierte.

Es war noch nicht lange her, daß der Lehrbetrieb vom Gelände der Moschee, die zugleich eine der ältesten Universitäten der islamischen Welt war, auf einen modernen Campus in der Neustadt verlegt wurde. Nach wie vor, so hatte Nassib ihnen gesagt, versammelten sich hier ältere Gelehrte und einige ihrer Schüler, die auf eine offizielle Universitätsausbildung keinen Wert legten, und betrieben ihre Gelehrsamkeit in der von alters her überlieferten Form. Und solange es nicht zu viele würden und die Kontakte zu der Moscheeleitung gut seien, würden sie auch geduldet, wenngleich nie offiziell. Wie es früher während des Lehrbetriebs die Regel war, stellten sich noch heute zu diesen informellen Lehrveranstaltung interessierte Menschen aus allen Schichten ein, vor allem aus der Handwerkerschaft, und hier besonders die Gewürzhändler, Tischler, Wollkämmer und Goldschmiede.

Im Hof war es menschenleer und so still, als hätten sich die Gläubigen beim Eintreten und Abstreifen ihrer Schuhe dematerialisiert. Ihm fiel der prächtige Lotosbaum mit seiner weit ausladenden, schattenspendenden Krone auf. Seine saftigen Blätter flirrten im Licht, als seien es Flügel. Als er näher trat, entdeckte er, daß das Flirren von Hunderten riesiger Libellen herrührte, die offenbar von der feuchtkühlen Atmosphäre des Baums und des danebenliegenden Brunnens angezogen waren. Er dachte an die Sure »Der Stern«, wo der Lotosbaum, von dem es nur heißt, daß er »ganz wie verhüllt war«, laut den allwissenden Korankommentatoren von Engelsscharen bewohnt war.

Nach der gleißenden Helligkeit draußen fühlte er sich in der wuchtigen Schattigkeit des Gebetssaales beinahe blind. Wie lang die Pupillen brauchten, um sich an die Dunkelheit zu gewöhnen! Dann war es, als wäre er in einen alten, schütteren Wald eingetreten. Aber es waren bloß Säulen. Er spürte das leise, irgendwie beruhigende Flappen der großen Ventilatoren. An langen Stangen hingen sie von der Decke und eierten gemächlich um ihre Achse. Eher streichelnd als kühlend blies es von oben auf den Besucher hinab.

Dann erkannte er, daß die Halle viel weiträumiger war, als er vermutet hatte. Mit einem Blick war sie gar nicht zu überschauen. Um sich den Anschein von Seriosität zu geben, nahm er eines der zerfledderten, verblüffend dicken, in Leder gebundenen Koranexemplare aus dem Regal am Eingang des Saals. Wie erschrak er, als er sah, daß er ein richtig altes, offensichtlich handgeschriebenes Exemplar erwischt hatte! Sofort legte er es vorsichtig zurück und zog ein anderes heraus, schlug es auf … auch dieses war kein Gedrucktes. Ein dritter Griff ins Regal, und er mußte erkennen, daß es sich bei allen der gut ein Dutzend Korane um handgeschriebene Exemplare handelte.

Langsam bewegte er sich durch die Säulenreihen. Angenehm war es, mit bloßen Füßen – die Strümpfe hatte er ausgezogen, wie er es bei den Männern im Hof gesehen hatte – über die Teppiche zu laufen. Später erfuhr er, daß die Teppiche allesamt von gläubigen Spendern stammten, und so erklärte sich die Vielfalt und teils außerordentliche Schönheit der Stücke. Im Zickzackkurs und wohl auch Schleifen drehend, ließ er sich von einem Muster zum nächsten führen, und er mochte sich dabei ausgenommen haben wie ein in tiefes Nachdenken begriffener Theologe. Dann setzte er sich an eine Säule, spürte, wie sich die Müdigkeit in ihm ausgoß, und schlief beinahe ein – beinahe oder tatsächlich, er wußte es nachher nicht mehr.

Unbestimmte Zeit später hörte er von weit her das Klappern eines Stocks, der gegen einen Stein geschlagen wurde. Die Schläge kamen näher und wurden lauter, bis sie plötzlich direkt über ihm waren, und dazu erklang eine krächzende Stimme: *Yâ Nâ'im, yâ Nâ'im* – he, Schläfer! Es war ihm unmöglich zu entscheiden, ob es geträumt war oder nicht, daß er sich sagte: Das kann kein Traum sein. Seine Augen waren geschlossen, doch er spürte eine Berührung an der Seite, zunächst ein leichtes Schlagen an seinen Arm, dann wurde ihm der Stock in die Rippen gebohrt, kräftig genug, um ihn aufschrekken zu lassen. Steh auf, Schläfer, sagte der Faulpelzjäger. Hier wird nicht geschlafen, verstanden?

R. rappelte sich auf. Er war tief in den Gebetssaal hineingeraten, der Eingang befand sich weit hinten, erkennbar nur als weißer Fleck aus Licht. Er vermißte das eiernde Flappen der Ventilatoren und blickte hoch. Es waren keine mehr da. Statt der üblichen Neonröhren waren in diesem Teil des Gebetssaales an den Säulen knapp über Kopfhöhe schwere gußeiserne Ringe angebracht, an denen je vier Lampenhalter mit zierlichen kupfernen Öllämpchen hingen. Vermutlich wurde dieser Teil der Moschee nicht mehr benutzt, zumindest abends nicht. Als er mit der Hand hochlangte, um eines der Lämpchen anzufassen, berührte er einen Docht und fühlte eine leicht schmierige Feuchtigkeit an seinen Fingern. Er schnupperte daran, und es war der Geruch von altem Olivenöl. Diese Lampen wurden benutzt.

Als hätte er jetzt erst die Augen geöffnet, sah er auf einmal im rückwärtigen Teil des Gebetsaals, nur zwei bis drei Säulenreihen weiter, Gruppen von Männern um die Säulen hokken. Sie hockten da im charakteristischen Hocksitz der Nomaden, den man überall in der arabischen Welt sah. Mit dem Po auf den Fersen kauernd, wie Vögel, konnten sie stundenlang hocken, während er es in dieser Stellung nicht einmal eine Minute aushielt. Bei den Säulen aber, um die die Kauernden sich gesammelt hatten, stand jeweils einer und sprach. R. hörte es weniger, als er es an Mimik und Gestik des Stehenden erkannte. Sie waren in traditionelle Burnusse gekleidet, wie man sie zuweilen heute noch sieht. Unter all den etwa fünfzig Personen, die sich um die Säulen verteilt hatten, war keiner, der irgendwie anders, irgendwie modern oder westlich gekleidet war, und sei es nur andeutungsweise, durch eine Stoffhose oder einen Sakko über dem traditionellen, bis auf die Knöchel reichenden Gewand. Und alle schienen barfuß und trugen Bärte und Turbane, unter denen verblüffend langes Haar hervorwallte: Sufis. Viele Dunkelhäutige oder sogar Schwarze waren darunter. Auch die hatte R. vorher im Stadtbild nicht wahrgenommen.

Vorsichtig, um nicht aufzufallen, näherte er sich, bis er die Stimmen unterschied. Ein neben der Säule Stehender trug in freier Rede leise, aber mit größter Intensität etwas vor. Um zu verstehen, mußte R. näher heran. Keiner beachtete ihn, und wieder überkam ihn das beruhigende Gefühl, nur Ausgewählten sichtbar zu sein.

Er vernahm ein feierliches, dennoch leicht dahingesprochenes Hocharabisch. Die in die Rede gestreuten Koranverse waren fast gesungen. Sie wurden kommentiert auf eine ihm überaus rätselhafte, hochsymbolische Weise. Das Alter der Zuhörer war schwer zu bestimmen. Alt waren sie gewiß nicht, er sah keinen Grauhaarigen unter ihnen. Aber in ihrem Jungsein wirkten sie verlebt und zerfurcht, ausgemergelt wie Hungerkünstler.

Seine Aufmerksamkeit fiel auf einen mit langen Haaren, strähnigem Bart, ungepflegt und fast unzüchtig nur von Fetzen bekleidet. Er wirkte noch abgemagerter als die übrigen. Als einziger lief dieser zwischen den verschiedenen Gruppen hin und her. Stets setzte er sich neben einen der Zuhörenden, tippte ihn von der Seite an und versuchte, mit ihm ein Gespräch zu beginnen. Wer Geduld hatte, ignorierte ihn während einiger Minuten, bis er aufgab und weiterging. Bevor er ging, küßte er den Sitzenden mit feierlicher Geste auf den Kopf. Und so geschah es reihum. R. vermutete gleich, daß es sich um den Moscheenarren handelte, einen sogenannten Madjsub, einen dieser Verrückten, die für heilig erachtet wurden und ihre Verrücktheit frei ausleben durften. Madjsub, »hinweggenommen«, »entrückt« oder »hingerissen« waren sie, hingerissen von Gott. Da R. von den Ausführungen der Dozenten nichts verstand, konzentrierte er sich ganz auf das Schauspiel, das der Verrückte ihm bot. Er hätte gerne gewußt, was er zu den Studenten sagte, näherte sich unauffällig dem Kreis von Zuhörenden, der, wie er annahm, als nächstes von dem Narren angesteuert werden würde, und setzte sich mit einem gewissen Abstand zu ihnen.

Der Verrückte kam heran und sprach den ersten an, der daraufhin versuchte, ihn zu ignorieren. Jetzt, wo R. genauer beobachten konnte, was geschah, erkannte er, daß der Verrückte sich ganz nah an das Gesicht des Angeredeten heranbeugte, als wollte er ihn auf den Mund küssen, was er jedoch nicht tat. Vielmehr sah es so aus, als bliese oder hauche er ihn an, und dazwischen sagte er etwas. R. verstand aus der Entfernung nur das arabische Wort für »Geruch«. Der Narr wollte eine Antwort, aber die meisten blieben ruhig und ließen sich nicht ablenken, sei es, daß es ihnen unziemlich vorkam oder weil sie es als unter ihrer Würde empfanden. Diejenigen hingegen, die antworteten, wurden schneller abgefertigt, der Narr murmelte etwas, küßte sie auf den Kopf und sprang weiter.

Als er den nächsten belästigte, verstand R. schon etwas mehr. Riech, riech, verrate mir, wie mein Atem riecht! sagte der Madjsub seinen zur Formel geronnenen Spruch auf.

– Wie riecht mein Atem, riecht er auch gut, ja? Ich faste, Bruder, ich faste, mein Atem riecht gut, gar nicht schlecht, stimmt's? Sage mir, wie mein Atem riecht, und ich sage dir, wer du bist.

Er bekam eine Antwort, schien enttäuscht, besann sich, küßte den Kopf des Antwortenden und schritt zum nächsten, jetzt direkt vor R., der sicher als nächstes drankommen würde, sollte er das Risiko eingehen, sitzen zu bleiben.

Er blieb. Seine Neugier war zu groß. Das gleiche Spiel wie zuvor, aber diesmal antwortete der Belästigte nicht und lauschte nur konzentriert auf den Vortrag. Der Madjsub redete entsprechend länger auf ihn ein, und R. verstand besser.

– Sag mir, ob du es bist, rieche meinen Atem, und ich sage dir, wer du bist. Mein Atem ist süßer als Moschus, nicht wahr? Ich faste, und doch, mein Atem riecht gut, allein, wer hat Sinn dafür? Wo ist der, der erkennt, wie mein Atem duftet? Wann kommt er? Bist du es vielleicht? Hat nicht der Prophet, Gott segne ihn und spende ihm Heil, gesagt, daß der Atem des Fastenden, obwohl er für Menschen so ekelhaft riecht, der reinste Duft ist für Gott?

Jetzt glaubte R. zu verstehen. Er hatte tatsächlich einmal eine Stelle in Ibn Arabis Hauptwerk, den »Mekkanischen Eröffnungen«, gelesen, wo ein Prophetenspruch interpretiert wird, der besagt, daß der übelriechende Atem der Fastenden für Gott der äußerste Wohlgeruch sei; denn Fasten ist Frömmigkeit, und es soll ein Trost für den Fastenden sein, daß wenigstens Gott seinen Atem angenehm findet. Der fastende Irre wollte hören, daß sein Atem gut riecht, schloß R., und wenn ihm jemand die gewünschte Antwort gab oder ihn lang genug schweigend ertrug, ging er zum nächsten.

Das war ein folgenschwerer, wenn auch verständlicher Fehlschluß. Denn R. wußte nicht, was diejenigen, die dem Fastenden geantwortet hatten, wirklich gesagt hatten, und der, der direkt vor ihm saß und den R. hätte verstehen können, wenn er geantwortet hätte, lauschte dem Vortrag über die Buchstabenmystik und schwieg. Das einfachste, sagte sich R., wäre, ebenfalls eisern zu schweigen, wenn der Madjsub auf ihn zukam; womit er übrigens nicht wirklich rechnete, da er sich nach wie vor unsichtbar oder zumindest angelegentlich übersehbar fühlte.

Doch der Madjsub kam auf ihn zu. Er hockte sich bei ihm nieder, ergriff mit seiner knochigen, überaus kräftigen Hand R.s rechten Oberarm und begann auf ihn einzureden. Der Griff war so fest und entschieden, daß R. sich sofort gefangen und ausgeliefert fühlte. Der Gottesnarr würde den Touristen nur zu *seinen* Bedingungen gehen lassen. So lange hatte R. auszuharren. Das allerdings, dämmerte ihm, würde unmöglich sein, und sofort begriff er, warum zuvor nicht alle einfach geschwiegen hatten: Der Madjsub stank am ganzen Körper. Er fastete nicht nur, er wusch sich auch nicht. Offenbar gehörte er dem berühmt-berüchtigten Sufi-Orden der Malamati an, derjenigen, die gezielt Tadel auf sich ziehen, um Eitelkeit und Eigenliebe zu bekämpfen.

Der Körpergeruch, so übel er war, wäre wohl auszuhalten gewesen. Aber der Irre hauchte und blies ihn auch an. Und das war ein Gestank, dem die Ausdünstungen aus den Gerbereien, die sie zuvor besucht hatten, an Fürchterlichkeit nicht einmal nahe kamen. Ein Verwesungsgeruch. Der Geruch des Todes selbst, ausgestoßen vom Atem eines Lebendigen. Es roch, als hätte der Krebs des ewigen Fastens seinen Magen zerfressen und ihn zu einer lebendigen Leiche gemacht.

Fliehen konnte R. nicht. Beim ersten Anhauch schon hatte er Anstalten gemacht, abzurücken, eine instinktive Bewegung rückwärts, und sofort hatte ihn die knochige Kralle fester gepackt. Minutenlang neben diesem Anhauch auszuhalten war ein Ding der Unmöglichkeit. Der Verrückte sollte weitergehen, R. hatte keinen Ehrgeiz, ihn länger als nötig zu ertragen, wie es den Frommeren unter den Zuhörern offensichtlich gelungen war. Und in der Hoffnung, ihn dadurch loszuwerden, gab er die Antwort, die er für die einzig richtige hielt:

– Im Namen Gottes, dein Atem riecht gut, sehr gut sogar!

Jetzt müßte der Verrückte ihn küssen und weiterziehen. Doch da täuschte sich R., und noch während die folgende Szene sich abspielte, ging ihm auf, was er falsch gemacht hatte, und er fluchte über seine vollendete Dummheit und Begriffsstutzigkeit. Wer um Himmels willen ist er, daß er vorgibt, er könne mit dem Geruchssinn Gottes riechen und den Aushauch dieses Fastenden als schön empfinden! Es gibt keinen Gott außer Gott, und nur Gott kann diesen Atem süß finden. Wie konnte er so töricht sein, nur die geringste der göttlichen Fähigkeiten für sich zu behaupten, und sei es vor diesem offensichtlich Geisteskranken? Kaum hatte dieser die Antwort gehört, sprang er auf, riß ihn mit sich hoch wie eine Marionette und brüllte so laut, daß alle in diesem Teil des Gebetssaals, selbst die, die den Irren so tapfer ignoriert hatten, aufschraken, sich umwandten und schockiert auf die Szene starrten, die sich nun abspielte.

– Er ist es, er ist es! Der Segen Gottes ruhe auf dir. Hört alle her, hört mir zu! Ich habe ihn gefunden. Er ist es, unser Mahdi, unser Erlöser, der Wiederbeleber der Religion. O ihr Gläubigen, glaubt mir, er hat sich zu erkennen gegeben!

Die Lehrenden an den Säulen unterbrachen ihren Vortrag. Die Hockenden machten Anstalten aufzustehen und starrten abwechselnd zu ihren Dozenten hin oder zu R., der wie mit Handschellen an den Verrückten gekettet war und, kurz davor, in Panik auszubrechen, selber loszubrüllen und auf den Verrückten einzuschlagen, verzweifelt versuchte, sich loszureißen.

– Er ist es, er! Genau er! *Hu hu! Huwa huwa!* Er ist er! *Anta djannat al-arifîn wa ghabat as-salikîn, wa-raihan al-muqribîn, wa-salam ashab al-yamîn...* Du bist der Garten der Wissenden, der Trost der Vermissenden, das Ziel der Reisenden, das Schmecken der Speisenden, der Traum der Suchenden, die Wortmacht der Fluchenden, der Einsamen Trost, der Hungernden Kost, der Sehnenden Labsal, das Hoffen in Qual, das Erbe der Erbenden, das Jenseits der Sterbenden! Du bist der Garten der Blumen und die Blumen des Gartens, du bist das Ende des Wartens!

Alle hatten sich erhoben und angefangen, wild durcheinanderzureden, die Dozenten versuchten zur Ordnung zu rufen, und vom anderen Ende des Gebetssaales kamen die Moscheediener herbeigeeilt.

– Ohne dich wären keine Wege und keine Reise, kein Regen und keine Speise! Kein Schmecken und Trinken und Aufgehen und Sinken. Er ist er! *Huwa huwa!* Hört her! Ohne ihn ist kein Wo und kein Wer! Kein Sklave und kein Herr! Kein Kommen und Gehen, kein himmlisches Sehen! Keine Schale, kein Kern, kein Mond und kein Stern! Kein Offenbaren, kein Bewahren, kein Einzelner, keine Scharen! Kein Dank und kein Bedankter, kein Gesunder, kein Kranker.

All dies sagte er in ohrenbetäubender Lautstärke auf, gleichwohl mit Rhythmus und grammatisch korrekt, mit völliger Kontrolle über das Gesagte. Der Madjsub war *madjsub* im wörtlichen Sinne des Wortes, hingerissen von seiner Ekstase, schier außer Kontrolle und offensichtlich mit Bärenkräften ausgestattet. Im Halbkreis hatten sich die Studenten um das seltsame Paar versammelt, offenbar unschlüssig, was zu tun war, vielleicht auch aus Angst oder Ehrfurcht vor diesem Verrückten; wer konnte wissen, ob es nicht doch etwas Ernstes bedeutete, am Ende nicht eine echte Vision war. Ohnedies war es besser, nicht einzugreifen und den Gottesnarren sein heiliges Werk tun zu lassen.

– Er ist er, *Huwa huwa!* Ohne dich wäre keine Vergänglichkeit, keine Ewigkeit, keine Seligkeit, du bist die ewige Allhoheit! Wärst nicht du, es würde nicht gebetet, nicht gefastet und nicht gesegnet! Wärst nicht du, niemand würde lehren, keiner wäre zu bekehren! Du bist das Elixier der Herzen, der wahre Vertreiber der Schmerzen! Du bist der Wächter des Gartens, das verheißene Ende des Wartens! Du bist auf dem Thron, du bist der Menschensohn!

Der Verrückte war vollends in Trance geraten. Von dem, was um ihn herum vorging, merkte er scheinbar nichts; seine Pranke war weiterhin wie ein Eisenring um R.s Arm geschlossen, aber der Druck wurde nicht stärker, und mit einem Mal begriff R., daß es genügen würde, den Arm aus dem Ärmel seines Sakkos zu ziehen, dem Verrückten die Jacke zu lassen, und er wäre frei.

Dann ging alles sehr schnell. Nachdem er aus dem linken Ärmel geschlüpft war, wand er sich aus dem rechten, und während der Wahnsinnige wie eine deklamierende Schaufensterpuppe sein Sakko festhielt, rannte R. aus dem Gebetssaal, über den Hof, durch den Vorraum zum Ausgang hin. Fast hätte er dort vergessen, seine Schuhe wieder anzuziehen, wäre er nicht aus vollem Lauf in das Menschenknäuel geprallt. Er achtete nicht auf die empörten Blicke, streifte sich nur panisch die Schuhe über, ohne sie zuzubinden, und machte sich davon, mehrfach über die eigenen Senkel stolpernd.

Niemand folgte ihm. Am ganzen Körper zitternd, mit dem Alarmgefühl, das ihn als Jugendlichen stets überkommen hatte, wenn er mit Büchern unter der Jacke, in der Tasche oder manchmal offen unter dem Arm an der Kasse vorbei aus den Buchhandlungen trat, trieb es ihn fort, und nichts wollte er dringender, als wieder ein ganz normaler, unauffälliger Jedermann zu werden, einer, der nichts verbrochen hatte, der nirgendwo auffiel und aneckte. Einer wie alle, wie alle außer ihm selbst.

Er überließ sich dem Gefälle der Gassen, lief, wie er zunächst riechend ahnte, dann sah, am Eingang zum Gewürzhändlersouk vorbei und kam schließlich zu einem größeren, unscheinbaren Tor, worin eine kleinere Tür geöffnet war und einen Blick ins Innere gestattete. Erst streckte er nur den Kopf durch die Tür, es machte nicht den Anschein, als ob es sich um ein frei zugängliches Gebäude handelte. Doch niemand war zu sehen, und er trat ein.

Es fühlte sich an, als würde er ein Spinnennetz betreten. Und zwar als Spinne. Er befand sich im Innenhof eines überdimensionierten Altstadthauses oder Palastes. Die aufwendig verzierte Fassade ragte so hoch, daß der Hof wie ein Schacht wirkte und um diese frühe Nachmittagsstunde bereits zur Hälfte im Schatten lag. Auf zwei Stockwerken liefen nach Art einer Galerie die Wohnräume um die Fassade, und geschlossene Fensterläden aus Holz, fein durchbrochen wie Spitzen, siebten das Licht in die unsichtbaren Wohnzellen im Inneren des Gebäudes. Es war weniger ein Haus als ein riesiges Kunstwerk.

Alles, was ein traditionelles arabisches Haus gewöhnlich ausmacht, war durch Zierat gesteigert und transzendiert, schwebte und löste sich auf, als wollte es die Schwerkraft verhöhnen. Wer hier wohnte, müßte sich selber lassen und auflösen oder aber wahnsinnig werden, und einen Moment lang war es R., als habe er in einem früheren Leben hier wirklich gewohnt und sei eines von beiden gewesen, aufgelöst, aufgegangen in Gott oder wahnsinnig, hinweggenommen, entrückt – mit einem Wort: *madjsub.*

Nichts Gegenständliches, Zweckmäßiges war zu erkennen und zu unterscheiden. Was er vor Augen hatte, war reine Struktur. Natürlich waren da Säulen und Fenster und Türen und Wände. Das wußte er ja. Nur fürs Auge waren sie nicht. Fürs Auge war Überfülle von Verzierung und Ornament. Kein faßbares Ding hatte sich der Arabeske entziehen können, und indem er dort eingetreten war, hatte sie auch auf ihn übergegriffen, verleibte auch ihn sich ein, schnürte auch ihn mit Koranschnörkeln fest, bannte auch ihn in geometrische Figuren, die auf nichts als sich selber verwiesen. Boten göttlicher Unendlichkeit und Allmacht, hatten sie es nicht nötig, sich in den Dienst eines Dings, eines Zeigens und Bezeichnens zu stellen. Selbst die Suren im Stuck, auf den Kacheln, fügten sich ein ins Gesamtnetz der Schwünge, unterwarfen sich, hingeneigt zum Gebet, Zier ohne Sage, Untertan der Geometrie. Identisches galt von den kalligraphischen Motiven, die er entziffern konnte, das sufische *Hu hu* oder *Huwa huwa* zum Beispiel, das ihn beinah zermalmt hätte, nichts anderes meinend als »Er ist Er«, nämlich die Selbstheit Gottes oder aber des Sufis, wenn er mit ihm verschmilzt. Von weiter Ferne wie an einen Traum erinnerte er sich daran. Aber wenn es ein Traum gewesen war, wo hatte er seinen Sakko verloren?

Indem er verweilte und schaute, war es, als bekämen seine Augen ein Netz übergeworfen. Er verinnerlichte das Gitterwerk der Fenster und die Muster der Schnitzarbeit auf dem Zedernholz, in das die Fassade gekleidet war. Er sah die Unendlichkeit in den Mustern und Kerben und Rissen und Sprüngen, in den Schründen des nachgedunkelten, schwarzbraunen Zedernholzes. Ein Stockwerk darunter, in den Waben aus weißem Stuck, wurde das Licht verschluckt und gespeichert in Stalaktiten aus Gips. Seltsame Welt, wo alles sich auflöst!

Helle und Finsternis, vom schachtartigen Innenhof verstärkt und verlängert, trieben inmitten des Zierats ihr Spiel, legten mal einen Keil auf die Kacheln, verfinsterten den Stuck oder hellten das Holz auf, so daß es trotz seiner Dunkelheit weiß schien, verblichen. All diese Flächen bekamen so Tiefe, waren nicht nur Flächen, sondern setzten, je genauer er hinsah, desto tiefer sich fort, und er war sicher, selbst unter einem Mikroskop würde es in dieser Art ziseliert weitergehen, immer neue, kleinere Verse aus dem Koran würden folgen, wären noch in die Nanostruktur des Materials hier graviert.

Zugleich schmolz im Schauen die Tiefenschärfe zusammen, und er wußte bald nicht zu unterscheiden, wo Vordergrund, wo Hintergrund war. Als er ein Foto von einer gekachelten

Säule machte, war nachher auf dem Bild fast nicht zu erkennen, daß es sich um eine frei im Raum stehende Säule handelte, nicht um einen aus der Wand herausragenden Vorsprung. So, stellte er sich später vor, sinnbildlich für den Inhalt, müßte das Cover des Buchs über Fes aussehen, wenn er es eines Tages schreiben sollte: Oberflächen und Tiefen sich wechselweise verschleiernd oder betonend, je nachdem, wie man hinschaut, je nachdem, wer.

Im selben Atemzug jedoch, seiner anderen ästhetischen Erziehung schmerzhaft inne werdend, empfand er die Monstrosität dieser jedem menschlichen Maß und Ermessen spottenden, ja das Menschliche selbst zum Vorteil des Ewigen verspottenden Schönheit. Und womöglich war dies der Gedanke, der ihn jetzt vom Sog der Arabesken befreite und vor dem Wahnsinn bewahrte. Nur ein Gott könnte hier wohnen oder die, die bereit waren, sich diesem Gott rückhaltlos zu ergeben. Denn aller Schmuck, wie gesagt, schmückte nichts mehr, er stand nur noch für sich. Das System war geschlossen, die Schönheit vollendet, ein für allemal. Ein Mensch als Mensch hatte hier nichts mehr zu suchen.

Er drehte sich vielfach im Kreis, staunte und staunte, und ebenso zufällig, wie er hineingelangt war, fand er zur anderen Tür hinaus, und hier am Ausgang, der eigentlich der Eingang gewesen wäre, las er, daß er die berühmte Medersa al-Attarin betreten hatte, das im 14. Jahrhundert, zur Zeit Ibn Khalduns gebaute »Kolleg am Gewürzhändlersouk« für die Religionsstudenten der Kairuaner Moschee. Und kaum war er zurück in die Außenwelt, auf die Gasse gestolpert, fand er die Gruppe wieder, die ihn offenbar die ganze Zeit nicht vermißt hatte, sich jetzt aber lautstark beschwerte, daß er so lange in der Medersa geblieben sei.

– Ist nicht dasjenige, fragte Carima ihn in der Spelunke in Rabat, als sie über ihre Eindrücke während der Besichtigung der Medersa al-Attarin sprachen, was auf den Dingen liegt, doch immer demjenigen vorzuziehen, was sich womöglich dahinter verbirgt? Wäre nicht eine Ästhetik der Oberfläche denkbar, die zugleich eine Moral der Oberfläche wäre und deren wertvollster Moment dann erreicht ist, wenn die Oberfläche, alle Oberflächen, tatsächliche und metaphorische, ganz für sich selbst stehen so wie die Arabesken in der Medersa, wenn sie nichts bedeuten und allein auf sich selbst verweisen, so daß in ihrem Anblick alles ständig gegenwärtig ist, weil ansonsten und jenseits davon eben nichts ist? Dann wären wir ein für alle Mal allen tieferen Sinn los und endlich frei und befreit.

R. antwortete nicht direkt darauf, sondern sprach über einen Vortrag, den er einmal auf einer Konferenz in Paris gehört hatte, wo ein libanesischer Kunstkritiker den Unterschied zwischen der westlichen und der orientalischen Kunst am Begriff der Mimesis erklärt hatte: Die griechisch inspirierte Kunst suche die Schönheit in der Nachbildung, im Abbild und der Naturgenauigkeit – eine sekundäre Schönheit also, die sich dem Abglanz der Originals verdankt. Die andere, orientalische, biete die Schönheit selbst dar; auch und gerade kalligraphisch-religiöse Kunst sei in Wahrheit nur eine Ausrede für die Darstellung von Schönheit und Harmonie an sich.

Als in der Spelunke in Rabat, im Erzähllokal, so langsam die Lichter ausgedreht wurden, als die letzten Säufer im Begriff waren, aufzustehen, die Huren auf ihren Stühlen schon lange eingeschlafen waren und draußen der Muezzin den Gläubigen verkündete, das Gebet sei besser als der Schlaf (aber besser auch, fragten sie sich, als anderes, was man nachts kann?), einigten sie sich darauf, daß das, was der libanesische Kunsthistoriker gesagt hatte, sehr gut auf die gegenstandslose, nicht verweisende, nichts abbildende und immer das Handwerkliche vor dem Individuellen betonende Kunst in Fes zutraf. Es war eine Schönheit, die aus einer Nichtigkeit wie einem Schatten einen objektiven ästhetischen Moment machte (und eben nicht, wie von Schack behauptete, »die ganze Außenwelt in die Subjektivität« hineinziehe), welcher anstelle des gemalten, bloß abgebildeten Schattens stand, wie er in der abendländischen Kunst, auf den Gemälden zu finden ist. Erstaunlich war daran, daß, wenn man diese Schönheit einmal sehen gelernt hatte, sie allenthalben in diesem Land auffindbar war, auch wo es gar nicht beabsichtigt schien. In einem Baugerüst zum Beispiel, das von der Straße aus gesehen nicht weniger filigran wirkte als die Intarsienarbeit in der Medersa. Im Lichterspiel, das die Schilfrohre warfen, mit denen manche Gasse gedeckt war. In den Farben der Müllhalde und Pinkelecke, die er in Marrakesch auf seinen Wanderungen durch die Medina entdeckt hatte ebenso wie im Fayencemosaik eines der Spinngewebe Gottes.

Tatsächlich sieht er dann auf einem seiner Spaziergänge durch die Altstadt von Marrakesch nichts als eine gewöhnliche Müllhalde mit einer Pinkelecke. In dickem Pinselstrich steht mit weißer Farbe geschrieben: Pissen verboten! Müll wegwerfen verboten! Zwischen den Mauern, die die einzelnen Häuser, Gärten und Stadtviertel abgrenzen, hat sich eine Verwinkelung ergeben, eine vielleicht zwei mal zwei Meter breite Bucht, in die man sich, von einem Teil der Gasse aus unbeobachtet, hineinstellen kann, um sein Geschäft zu verrichten. Auf mittlerer Höhe ist die Mauer in kräftigem Orange gestrichen, darüber flüchtig mit grauem Putz überzogen, und am oberen Rand sind die nackten Fabrikbausteine zu sehen, aus denen die Gemäuer eines Großteils der Medina mittlerweile bestehen. Die links darauf zustoßende Seitenwand ist im allgegenwärtigen Marrakescher Rot gehalten. In Sträßchen wie dieser, die so eng wie möglich gezogen sind und wo jeder Quadratmeter wertvoll ist, überrascht diese Ecke den Flaneur als zweckfreier, der Nutzbarmachung entzogener Raum. Im Schatten des allgegenwärtigen Getriebes wirkt die Einbuchtung nicht minder besinnlich als für Besinnlichkeit eigens vorgesehene Orte wie Gärten, Moscheen oder Medressen.

Kaum hat R. sie entdeckt, hält er, im Bann der plötzlichen, aus dieser Ecke herausstrahlenden Freiheit befangen, inne. Zwar läßt der dunkle Rand am unteren Abschnitt der Verputzung im Zusammenspiel mit der Aufschrift wenig Zweifel daran, daß das Pinkelverbot regelmäßig mißachtet wird. Aber das sind Gedanken und Erkenntnisse, die erst beim zweiten Hinsehen kommen, wenn man die Schrift als Schrift wahrgenommen und entziffert hat. Und da der Gestank an jenem Morgen, an dem es ihn dort vorbeiführt, ausbleibt, ist die Wirkung, die von dieser Ecke ausgeht, anders, als vermutet.

Für sein Empfinden macht sie ihrem arabischen Namen, *zawiya,* alle Ehre. *Zawiya* ist zwar die wörtliche Übersetzung von Ecke, meint aber seit jeher auch einen kleinen Raum für Andacht und Gebet, dann das Grabmal eines Heiligen und endlich sogar ein Kloster oder eine mystische Bruderschaft. Diese unheilige, zufällige Zawiya in der Medina von Marrakesch nun verdankt ihre Wirkung den mächtigen Farbflächen, dem Rot, dem sandsteinfarbenen Beige, dem Rosa, dem Putzgrau; nicht minder aber den dank Witterung und Urin sich zwischen den Farb- und Putzschichten ergebenden Verläufen und Linien. Und selbst das dick hingepinselte Verbot ließe sich als Arabeske verstehen, die Aussage erscheint ihm an dieser Stelle so irrelevant und beliebig wie die Koranschnörkel in den Medressen.

»Auch und gerade kalligraphisch-religiöse Kunst«, hallt der Satz des libanesischen Kunstkritikers in ihm nach, »ist in Wahrheit nur eine Ausrede für die Darstellung von Schönheit und Harmonie an sich.« Beide Male vollzieht sich sowohl eine Verwandlung des Betrachters als auch des umliegenden Raums, und in beiden Fällen wird der Betrachter der Normalität und Geschäftigkeit enthoben, sobald er sich auf den optischen Eindruck einläßt, rein auf den Eindruck, nicht auf das, was er womöglich über diese Müllecke oder diese Medresse weiß, was aber mit dem, was er bloß mit den Augen aufnimmt, erst einmal nichts zu tun hat. Eine Kunst ist es, die Dinge zu sehen, wie sie sind, und nicht von irgendeinem Wissen über sie oder aus zufälligen Kontexten auf sie zurückzuschließen!

In unseren Breiten sind für die schiere, unvoreingenommene Betrachtung eigens die Museen geschaffen worden: Die ausgestellten Dinge sollen zweckfrei zur Wirkung gelangen, dem alltäglichen Kontext entzogen. So daß, wenn dieser Vergleich erlaubt ist, das im Museum ausgestellte Pissoir oder die in der Pinkelecke zutage tretende plötzliche Farbharmonie nur seitenverkehrte Spiegelungen voneinander sind.

Was R. beim Erblicken der Zawiya in Marrakesch empfindet, das ist, wie wenn man das Glück hat, in einem Museum, nicht irgendeinem, versteht sich, sondern, sagen wir, in der Tate Modern in London, einen nur von diffusem künstlichem Deckenlicht erhellten Raum zu betreten, mit hohen Wänden und wenigen, großformatigen Gemälden. Oder gar nicht *Gemälden,* nichts Gemaltes und Abgebildetes nämlich, sondern einfachen Flächen, bloßen mit Acryl auf Leinwand aufgetragenen Farbschichten, zwei oder drei Grundtöne auf jeder Fläche, freundliche, ruhige Pastelltöne oft, nicht selten auch dunklere Farben, dennoch leuchtend in ihrer Dunkelheit, während die Ränder der einzelnen Farbflächen zart ineinander verfließen.

Der Betrachter wandelt durch diesen Raum von einem der Riesenbilder zum anderen, schaut genauer und genauer darauf und spürt, wie aus der Zweidimensionalität der Fläche eine dritte Dimension entsteht, eine Tiefe, und zwar dadurch, daß die Farb*flächen* zugleich verschiedene Farb*schichten* sind und ihm auffällt, wie die eine *auf* der anderen liegt und darübergemalt worden ist (und darüber eine weitere und so fort), so daß die Flächen nie auf einer gleichwertigen Ebene zum Liegen kommen, sondern eine Hierarchie und Abfolge bilden.

So unweigerlich eine solche Hierarchie suggeriert wird, ist durchaus nicht klar, welche Farbe, welche Schicht in dieser Hierarchie die dominierende ist, eine der unteren, trotz aller Übermalung an den Rändern immer noch hervorlugenden, oder die obere, die das, was darunter liegt, nicht restlos übertüncht, sondern durchscheinen läßt und somit zwar vordergründig dominant wirkt, doch zugleich wie aufgesetzt, wie gerade einmal geduldet; die dennoch als die oberste vielleicht die eigentlich beabsichtigte Nachricht enthält, während die Farben darunter nur das Medium sind.

Indem R. dies schreibt, wird ihm bewußt, was es bedeutet, daß es sich bei der Räumlichkeit, die er aus den Farbschichten herauszuspüren glaubt, nicht wie auf alten Bildern in Perspektivtechnik um eine illusorische Räumlichkeit und Dreidimensionalität handelt, sondern um eine authentische, in der Herstellung dieses ›Gemäldes‹ begründete, weil die Farben tatsächlich übereinanderliegen. Für das Auge stellen sie bloß eine Fläche dar, für den Geist aber und für jeden, der darüber nachdenkt, mehr. Die faktische, vom Betrachter verstandene und gewußte Räumlichkeit der Fläche überträgt sich ungeachtet der Zweidimensionalität für das Auge in eine erfahrene und gefühlte – geschmeckte! – Dreidimensionalität, eine zutiefst empfundene Räumlichkeit ohne den Beigeschmack von Illusion und Vorgaukelei, wie es in einem abbildungsrealistischen Gemälde der Fall wäre.

In dem Moment aber, wo sich die Räumlichkeit aus der zweidimensionalen Fläche erschließt, tritt zugleich die vierte Dimension hinzu, die Zeit. Auch sie ist in einem solchen Gemälde präsent, nämlich in der zeitlichen Abfolge des sukzessiven Auftrags der Farbschichten durch den Maler. Diese Abfolge strahlt aus dem Bild zurück in den Raum und auf den Betrachter, so daß er vom Bild gefangen und eingehüllt wird, im Raum *und* in der Zeit. In dieser Zeitlichkeit, ja Geschichtlichkeit des Bildes liegt ferner alles das, was seinem Entstehen vorausgegangen ist an Gedanken, Plänen, Überlegungen, Skizzen; ganz so wie die Zawiya in Marrakesch nicht mit einem Mal da war, sondern eine eigene kleine Geschichte aufweist, bis R. zufällig an ihr vorbeigeht und sie als Zawiya erkennt und benennt.

Sowohl in der Zweidimensionalität der Bilder in der Tate Modern als auch in der Zweidimensionalität der Pinkelecke, wenn man sie auf einem Foto sieht und nicht weiß, worum es sich handelt, sind die anderen Dimensionen daher präsent, ohne daß man sie sogleich erkennt, wie man auch auf dem Cover des Buchs über Fes die Säule vom Hintergrund zunächst gar nicht recht unterscheidet. Der perspektivische Illusionismus der nachmittelalterlichen Kunst ist dagegen nichts als der Verlust einer reineren geistigen Perspektive, ein billiger Trick, ein Zugeständnis an einen Geschmack, welcher statt zu *er*kennen lieber *wieder*erkennen, lieber die Mimesis will, und sei es als offenkundige Illusion.

Auf all das verzichten die Bilder in der Tate Modern, und doch ist es gerade dieser Verzicht, der den Raum bereitstellt für das Schmecken, für die Empfindung als solche ohne speziellen Gegenstand und Grund, ohne Auslöser. Es ist die pure, deshalb nicht leere, sondern nur auf *unbestimmte* Weise erfahrene Präsenz eines Geheimnisses, das nie enthüllt zu werden braucht, weil es im Geheimbleiben sich erfüllt. Daher haben diese Bilder auch keinen Titel, beziehungsweise einen Titel, der *Untitled* heißt. Oder einen, der nur die Farben benennt, etwa *Black on Maroon* oder *Red, Orange, Tan and Purple.* Verglichen mit *Untitled* sagt das fast schon zuviel, als wäre jeder Titel wie eine Zange, welche die Saiten durchschneidet, die alles zum Klingen gebracht haben.

So kann uns angesichts der Zawiya in Marrakesch ein ähnliches Gefühl überkommen wie in jenem Raum der Tate Modern in London, in dem die *Seagram Murals* von Markus Rothkowitz ausgestellt sind, dem russischen Juden, der Maimonides gleich, Derrida gleich, aber gleich auch Ibn Khaldun, Ibn Arabi und unzähligen anderen Arabern und Muslimen, aus seiner Heimat auswanderte, um in der Fremde zu leben, in der Fremde New Yorks, unter dem Namen Mark Rothko. Und es erweist sich, daß Fes eigentlich eine Farbe ist, ein Ensemble von Farben, und daß das Buch über Fes, wenn R. es dereinst schreiben würde, gar nicht *Fes* heißen sollte, sondern

UNTITLED

Anhang

Zu den Fotografien

Die Fotografien sind mit einer Leica Digilux 2 in den Monaten Mai und Juni 2005 in Fes und Marrakesch aufgenommen worden. Die Fotos, vom Autor signiert und numeriert, sind als Fachabzüge in limitierter Auflage im Format DIN A3 käuflich zu erwerben. Nähere Informationen unter der E-Mail-Adresse: Fesfoto@aol.com.

Zweite Umkreisung

Seite 38: Orangenverkäufer vor der Medersa Bou Inania, Fes
Seite 39: Träger, Fes
Seite 40: Kinder in einer Gasse, Fes
Seite 41: Teppiche, Marrakesch
Seite 42: Töpfer, Fes
Seite 43: Gräberstadt, Fes
Seite 44: Heiliger Bezirk, Marrakesch

Vierte Umkreisung

Seite 86: Korbverkäuferin, Marrakesch
Seite 87: Träger, Fes
Seite 88: Ibn Arabi-Moschee, Fes
Seite 89: Gerber, Fes
Seite 90: Gewerbegebiet am Bahnhof, Marrakesch
Seite 91: Ofen der Töpferei, Fes
Seite 92: Pinkelecke, Marrakesch

Sechste Umkreisung

Artikel aus der Neuen Zürcher Zeitung vom 13. 6. 2005

Produktive Mißverständnisse

Deutsche und marokkanische Dichter treffen sich in Rabat

Zweimal hatte die »Deutsche Akademie für Sprache und Dichtung« arabische Poeten nach Deutschland eingeladen: Im Herbst 2003 zu einer langen Nacht der arabischen Poesie in Darmstadt und nach der Buchmesse 2004 zu einer Klausurtagung im kleinen Kreis. Anstelle feierlicher Reden oder breit angelegter Diskussionsrunden stand die wechselseitige Lektüre der Gedichte im Vordergrund. Schon die Besprechung weniger Zeilen offenbarte die kulturellen Differenzen und Mißverständnisse auf unerwartete Weise. Nun fand Ende Mai auf Einladung der Marokkaner die Fortsetzung an der Universität Rabat statt.

Lediglich zwei Tage Textarbeit (anhand eines vorher angefertigten, deutsch-arabischen Readers) waren in Anbetracht des Aufwands vielleicht zu wenig, bestätigten aber die Erfahrung vom letzten Treffen: Dichtung bündelt die interkulturellen Probleme wie in einem Brennglas. Eindrucksvoll erwies sich dies an den Auseinandersetzungen um die provisorischen Übersetzungen, zugleich Angel- und Schwachpunkt der wechselseitigen Rezeption. Harald Hartung hatte in seinem Einführungsvortrag die Eckpunkte im Rückgriff auf Ezra Pound gesetzt, der drei, sich in bezug auf ihre Rezeption durch einen fremden Leser unterscheidende Ausrichtungen von Dichtung genannt hatte. Sowohl die Melopoeia, die vor allem auf der klanglichen Aufladung des Wortes beruht, als auch die

Logopoeia, die dem Wortspiel nahsteht, können nicht übersetzt werden. Der Übertragung zugänglich sei einzig die Phänopoeia, die Kunst der Bilder, Metaphern und Bedeutungen. Realistischerweise wäre daher laut Hartung bloß ein Drittel Optimismus für die Tagung angezeigt; doch die Unterscheidungen Pounds waren angesichts der tatsächlichen Probleme schon zu feinsinnig. Weniger die genannten Grundtendenzen der Dichtung denn vorgängige und kulturell bedingte Erwartungshaltungen standen dem Verständnis der jeweils anderen Poesie entgegen.

Ein Beispiel dafür bot gleich zu Anfang Hartungs Gedicht mit dem Titel »Ghasel«, das der Autor aufgrund seiner vermuteten Nähe zur arabischen Poetik auswählte, das bei den arabischen Teilnehmern jedoch Verwirrung auslöste. Während nämlich in der deutschen Poetik das Ghasel bloß den formalen Aspekt eines orientalisierenden Reimschemas bezeichnet, ist die »Ghasel« genannte Gattung in der arabischen Tradition rein inhaltlich als Liebesgedicht definiert (das arabische Wort *ghazal* bezeichnet den Flirt), von Liebe indessen spricht Hartungs »Ghasel« nicht. So erweist sich gerade die orientalisierende Pointe von Hartungs Gedicht als unübersetzbar. Und da in der Arbeitsübersetzung auf eine Nachahmung des Reims verzichtet wurde, war die Verwunderung groß, als die arabischen Teilnehmer erfuhren, daß es sich nicht, wie es auf arabisch schien, um ein modernes Prosagedicht, sondern um einen Text von fast klassischer Strenge handelte.

Gerade von der poetischen Strenge der übermächtigen Tradition wollen sich die arabischen Dichter heute befreien. Und wenn von den Marokkanern als Titel der Tagung »Übersetzung und Modernisierung der Lyrik« gewählt wurde, verknüpfte sich dies explizit mit der Hoffnung, aus den Übersetzungen der deutschen Poesie neue Impulse zur poetischen »Modernisierung« zu bekommen. Waren die Motive der deutschen Teilnehmer nicht so explizit formuliert, so verband sich mit der Lektüre der arabischen Poesie doch auch die Hoffnung, ein inspirierendes Gegengewicht zur postmodernen poetischen Beliebigkeit zu finden. Implizit fand sich diese Hoffnung bereits in den Texten der deutschsprachigen Teilnehmer formuliert: In der Nutzung des Reims als Generator von Bedeutung bei Ilma Rakusa, in der Anlehnung an einen alttestamentlichen Gottesbegriff bei Klaus Reichert, im Rückgriff auf die griechische Mythologie bei Joachim Sartorius. Wie um zu illustrieren, daß die Erwartungshaltung die Rezeption steuert, wurden ausgerechnet diese Aspekte von den arabischen Teilnehmern nur zögerlich akzeptiert und bezeichnenderweise schon in der Übersetzung durchgängig abgemildert. Volker Brauns furioses Gedicht »Weststrand«, das den Vorstellungen der Marokkaner am ehesten entsprechen könnte, erwies sich für eine adäquate Übersetzung aufgrund seiner zahlreichen zeitgeschichtlichen Anspielungen und Zusammenhänge als zu komplex.

Die arabische Dichtung der Marokkaner hingegen (frankophone marokkanische Poeten, von den arabischsprachigen als bedrückende Konkurrenz empfunden, waren leider nicht eingeladen) wurde von den deutschen Teilnehmern, soweit sie sich durch die provisorische Übersetzung erschloß, häufig als vage und unpräzis empfunden. Ihre Leistung beruhte für deutsche Ohren vor allem im Klanglichen der Melopoiea, und dies, obwohl alle arabischen Dichter freie Verse ohne Reim oder Prosagedichte vortrugen. Die Tradition war bei ihnen, wenn überhaupt, nur in der (meist ins Säkulare gewendeten) religiösen Bedeutungsfülle mancher Wörter und Begriffe gegeben, die in der Übersetzung verlorengeht. Die Mischung von Sparsamkeit und Ausdruckstiefe, die etwa die Gedichte von Mohammed Bennis oder Abelkarim Tabbal auszeichnete, wurde gleichwohl von vielen gelobt.

Ob aber eines der erklärten Ziele der Marokkaner erreicht wurde, nämlich der modernen marokkanischen Poesie endlich Gehör zu verschaffen, bleibt offen, bis gültige Übersetzungen vorliegen, die dann in einer Anthologie erscheinen sollen. Wichtiger als neue Druckschriften ist jedoch die Fortsetzung dieses außergewöhnlichen Dialogs. Der Gesprächsbedarf, weit davon entfernt, schon befriedigt zu sein, ist gerade erst wirklich entdeckt worden. Es ist eine Entdeckung, die für beide Seiten spannende, ja vielleicht aufwühlende Erkenntnisse verspricht. Unter den vielen Dialog- und Begegnungsmodellen, mit denen man seit dem 11. 9. 2001 experimentiert hat, kristallisiert sich dieses vermeintlich elitärste überraschend als das vielversprechendste und produktivste heraus. Und ganz nebenbei beweist es einmal die große Nützlichkeit der Poesie.

Stefan Weidner

Inhalt